Über den Autor Georg Reif, geb. 1961, Tätigkeit als Arzt im Fachbereich Nervenheilkunde, Promotion über die Wirkung von Yoga. Veröffentlichung von Satiren und Kurzprosa, Ko-Autor eines Dokumentarfilms über Menschen im Koma. Er lebt mit seiner Frau und seinen drei Kindern in Köln.

Georg Reif

Venus in Weiß

Roman

Rowohlt Taschenbuch Verlag

Originalausgabe
Veröffentlicht im Rowohlt Taschenbuch Verlag GmbH,
Reinbek bei Hamburg, Juli 1999

Lektorat Bettina Hesse
Umschlaggestaltung C. Günther/W. Hellmann
(Umschlagfoto: Yaph)
Satz Guardi Roman PostScript (PageOne)
Gesamtherstellung Clausen & Bosse, Leck
Printed in Germany
ISBN 3 499 22632 4

Die folgende Geschichte und die handelnden Personen sind selbstverständlich völlig frei erfunden. Vor allem ihr allzu lascher Umgang mit Schutzmaßnahmen vor sexuell übertragbaren Krankheiten ist heutzutage unrealistisch.
Das hoffen wir jedenfalls. Ansonsten gilt: Die EG-Gesundheitsminister warnen:

Ungeschützter Sex
gefährdet Ihre Gesundheit.

I. Teil

1 Die Gänge hallten wider vom nervösen Geklapper der Besteckkästen, als sich die über hundert Studenten vor der Tür zum Allerheiligsten drängelten. Schon unter die noch viel zu weiten magischen weißen Kittel geschlüpft, schlugen sie die letzten Minuten mit sinnlosem, aber lautem Geplapper tot; so, als befürchteten sie das Gestöhne der Leichen im Seziersaal zu hören. Alexander Stern kannte diese Reaktion seiner Kommilitonen. Gerade in den Momenten der größten Befangenheit schwatzten die angehenden Ärzte wie Klatschtanten. Er betrachtete die vielen unreifen, ausdruckslosen Gesichter um ihn herum. Einige wenige Studentinnen sahen wirklich gut aus, die meisten jedoch zeigten die typische blasse Langeweile gebildeter Frauen, die es sich leisten können, auf ihre äußere Erscheinung keinen Wert zu legen. Ein süßlich-beißender Geruch kroch unter der verschlossenen Tür hervor, breitete sich still und zäh auf dem Gang aus und klebte in der Nase. Die schwüle Sommerhitze verstärkte den Geruch. Alexander schwitzte unter seinem Kittel. Wahrscheinlich war wieder die Klimaanlage ausgefallen. Der rauhe, harte Stoff rieb bei jeder Bewegung auf seinen nackten Armen. Er mochte diese grobe Berührung auf der Haut. Arztkittel sind etwas ganz Besonderes, dachte er.

Alexander Stern nahm seine unauffälligen Beobachtungen wieder auf. Im Minirock. Eine Studentin trat im Minirock unter dem Kittel zum Tranchieren der Leiche an. Sie war ziemlich klein, zeigte fast die ganze Länge ihrer kräftigen, wohlgeformten Beine und warf gerade den Kopf nach hinten, schüttelte ihre lange kirschbaumbraune Mähne, um sie mit einem Haargummi zu zähmen. Alexander suchte den Blickkontakt, sie wich aus. Eingebildete Ziege, dachte er. Ich bin ihr noch nicht einmal einen Blick wert. Warum sind gerade die interessanten Frauen so arrogant und hochnäsig, warum tun sie so, als wären sie jeder Körperlichkeit enthoben, so als hätten sie keine körperlichen Bedürfnisse? Manche Frauen versuchen den Eindruck zu erwecken, als stünden sie so weit über jeder Leiblichkeit, daß es für sie noch nicht einmal mehr Stuhlgang gäbe.

Ein vierschrötiger Assistent trat zu den Studenten und öffnete die Tür. Der mozzarellafarben marmorierte Teint seines ungerührten Gesichts schien zu belegen, daß er in seinem Leben schon mehr Formalin als Luft eingeatmet hatte. Als die Studenten eintraten, sprang sie der giftige Gestank wie ein wütendes Raubtier an und verbiß sich in ihre Kehlen. Alexander hustete.

Wenn es etwas gab, was Mira Lubek haßte, dann war es warten. Und dieses Studium schien vor allem aus Warten zu bestehen, warten bei der Rückmeldung zum neuen Semester, warten vor jedem Kurs, warten auf die Vorlesungen ... Und das bei der Hitze. Was konnte bescheuerter sein, als einen brütend heißen Sommertag in einem fensterlosen Kellerloch zu verbringen, um an toten Menschen rumzuschnippeln? Auf jeden Fall gäbe es jetzt Schöneres. Zum Beispiel nackt an einem der vielen Badeseen außerhalb der Stadt liegen, coole Drinks schlürfen, sich von einem hübschen Masseur mit starken und geschickten Händen verwöhnen lassen (leider sind die meisten schwul) und über die Perspektiven des Sozialismus diskutieren. Mira band ihr Haar. Es ist heiß genug. Was starrt mich dieser große Typ so an. Mit Seitenscheitel! Das ist wohl das Letzte, das Spießigste überhaupt, Seitenscheitel. Seine Augen sind schön, blauer als ein Baggersee, aber mit der Frisur ... nein. Frau kann einen Mann doch nicht erst skalpieren, damit sie ihn überhaupt betrachten kann. Männer!

Endlich wurden sie eingelassen. Es war noch schlimmer als erwartet. Der durchgehend hell gekachelte Saal war von Neonröhren grell erleuchtet; in regelmäßiger Anordnung standen chromglänzende Metalltische, deren Oberfläche eine Mulde bildete. Dort lagen sie, unbeweglich, nackt, sämtliche Körperhaare abrasiert. Die Farbe der Gestalten variierte zwischen lehmgelb, schmutziggrau und der sprichwörtlichen Leichenblässe. Und über allem hing der stechende, alles durchdringende Formalingestank. Mira wurde übel. Sie mußte da durch, wie durch so vieles in diesem Studium.

Der Assistent las die Namen vor und wies die Studenten an die Leichen. Sie arbeiteten zu acht: zwei Zahnmediziner am Kopf, je zwei Studenten für die Arme, Beine und den Rumpf. Mira erhielt das linke Bein einer älteren Frau. Der Große mit den blauen Augen von vorhin kam an den gleichen Tisch, ihr gegenüber, an das andere Bein.

Verlegen lachend berieten die Studenten über einen passenden Namen für die Leiche.

«Eva», schlug der Große mit dem Seitenscheitel vor.

«Warum Eva?» fragte der Zahnmediziner.

«Weil sie so alt aussieht, als wäre sie die erste Frau.» Keiner schien so recht überzeugt.

«Wie wär's mit Hannelore?» fragte Mira. «Sie erinnert mich an die Frau eines Politikers.»

«Meinst du den großen Dicken von der CDU, der unbedingt Kanzler werden will?» fragte der Student mit den blauen Augen.

«Klar», grinste Mira.

«Na ja», kommentierte der Zahnmediziner.

«Findet ihr Miss Piggy oder Emanuelle vielleicht besser?» legte Mira nach. Der Zahnmediziner schüttelte den Kopf, der Große mit den blauen Augen lächelte. Die anderen

Frauen an den Armen und am Bauch der Leiche sagten nichts. Offenbar galt ihr Vorschlag damit als angenommen. Der Assistent mit der ungesunden Gesichtsfarbe trat an ihren Tisch und erklärte, wie sie die Haut abzutrennen hätten. Natürlich ohne die darunterliegenden Nerven zu beschädigen, weil diese ja noch für das Testat benötigt würden. Vorsichtig begannen die Studenten, eckige Hautareale mit Skalpell und Pinzette abzulösen. Unter der Haut waberte eine vanillegelbe, glibbrige Masse, wie Pudding. Mira spürte, wie ihr in diesem verdammten Kittel immer heißer wurde. Was ist nur mit dem Licht, dachte sie, als die Lampen im Kreis zu tanzen begannen und sie plötzlich nichts mehr sah.

Das Licht, die Leichen, die geschäftigen Studenten, so, als sei es das Normalste auf der Welt ... Nein, eher eine Szene aus einem B-Movie, ein schlechter Science-Fiction, dachte Alexander. Aber auch was Archaisches, dem Tod so nah, das nackte Opfer direkt vor Augen. Noch nie hatte Alexander eine nackte Frau so lange und ausgiebig betrachten können, den geilen Blick zwischen die aufgeweichten Wachsbeine versenkt, direkt in diese offene Muschel mit all ihren Häuten; noch nie hatte eine so lange stillgelegen. Und dann noch rasiert. Manchmal bietet dieses Studium einmalige Erfahrungen. Ausgerechnet an ihrem Geschlecht schien der Zahn der Jahre am wenigsten genagt zu haben. Hier war sie jung geblieben. *Forever young.* War sie bis zuletzt, was hieß bis zu ihrem Tod, aktiv geblieben, war verwöhnt worden, hatte sich als Kelch der Lust bedankt, *forever young,* oder war sie vergessen und verdorrt wie ein zierliches und zerbrechliches Vogelgerippe in der Wüstensonne. Als lebendes Totes oder totes Lebendiges. Hannelore verlor jetzt den letzten Rest von Intimität, als die ersten Skalpelle geometrische Formen in ihre formalinvolle Epidermis schnitten. Alexander spürte Hanneloes Haut durch den Gummihandschuh: eine verwaschene, mit kaltem Teig gefüllte Beate-Uhse-Puppe. Auf seiner Stirn tropfte Wasser. Die Studentin gegenüber, die mit dem Minirock, fächelte sich Luft mit einem anatomischen Atlas. Sie hatte ein hübsches Gesicht, einen verlangenden, hungrigen Mund mit kräftigen Lippen. Ihre dunklen Augen, hinter der schwarzen, dickrandigen Brille verkleinert, verirrten sich zu ihm, nur einen klitzekleinen Moment, dann drehten sie ab und sie sackte weg, langsam, wie in Zeitlupe. Alexander ließ sein Besteck fallen, blechern klirrte es auf den Boden und im selben Moment sprang er um den Tisch und fing sie auf. Ihre Nachbarin glotzte blöde.

«Hilf doch mal, faß mit an», bat Alexander. Die Nachbarin zuckte die Schulter. «Ich werd sonst nicht fertig», sagte sie und wandte sich wieder Hannelores Bauchhaut zu. Alexander griff den schlaffen Leib unter den Schultern und unter den Knien, stand vorsichtig auf und schleppte sie raus. Er schaffte es noch bis zum Umkleideraum und legte sie auf eine Bank. Er setzte sich neben sie und atmete schwer.

Blau. Der Himmel. Ein Badesee. Nein, seine Augen. Mira wurde wieder klar, auch wenn sich alles drehte. An Stehen war gar nicht zu denken. Harte Holzlatten drückten im Rücken, die Decke in grauem Beton: der Umkleideraum. Sie spürte auf der Haut einen feinen Schweißfilm, der träge abkühlte. Zugleich war da noch die Hitze. Sie nestelte an den Knöpfen ihres Kittels, bekam ihn im Liegen nicht auf. Er beugte sich zu ihr runter, knöpfte ihn auf und lächelte unsicher. Mira holte tief Atem.

«Komm noch mal näher», bat sie. Er zog die Stirn in Fragefalten, tat aber wie ihm geheißen und beugte sich über sie. Sein Gesicht war jetzt genau vor ihrem. Seine Züge waren weich für einen Mann, nur um den großen Mund hatte er etwas Hartes, fast schon Brutales. Mira griff mit beiden Händen auf seinen Kopf und verwuselte die Haare.

«So ist es viel besser», sagte sie. «Danke, daß du mich rausgebracht hast …»

«Alexander.»

«Okay, Alexander. Ich heiße Mira.»

«Ich sollte …»

«Ja, geh ruhig. Wir würden gleich auffallen, wenn wir beide zusammen weg sind. Der Professor mag das nicht. Noch mal danke, aber ich denke, ich komme jetzt wieder alleine klar.»

«Gut», sagte er und ging. Scheiße, dachte Mira. Warum muß mir das ausgerechnet am ersten Tag passieren.

Sie roch gut, als sie so dalag vor ihm. Obwohl – verglichen mit den stechenden Formalinschwaden, welche die Leichen vernebelten, hätte er wahrscheinlich jeden Geruch einer lebendigen Frau als angenehm, ja attraktiv empfunden. Ein süßlich-leichtes Parfum, fruchtig, vielleicht Pfirsichblüten. Vermischt mit Minze und Muskat, als er sich ihr näherte. Unter ihrem dünnen T-Shirt und dem Minirock wölbte sich das feste Fleisch reifer Früchte, eine Frau inmitten der Blüte, eine Frau mit Formen, eine Frau, die man als Frau erkannte, kein pergamentbehangenes Bohnengerüst, das sich durch öde Diäten quält. Er hätte sie sofort küssen können. Amor intra orcus. Mit einer Geste ließ sie ihn sich erneut zu ihr herunterbeugen. Dachte sie das Gleiche, eine Gedankenübertragung? Sie griff ihm in die Haare, zog seinen Kopf aber nicht an sich. Also zurück zur nackten Hannelore, der das Fell über die Ohren gezogen werden mußte. Die anderen Studenten bemerkten ihn kaum, als er wieder zu Skalpell und Pinzette griff, so waren sie damit beschäftigt, die Leiche zu enthäuten.

Ein viel zu junger, dynamischer Brillenträger mit kurzgeschorenem Blondschopf stapfte mit wichtigen, weit ausholenden Schritten von Tisch zu Tisch, im Schlepptau einen Hofstaat in Weiß: der Anatomieprofessor.

«Was ist hier an den Beinen los?» Aus Erfahrung vermied es Alexander, zu sehr aufzuschauen.

«Tempo, Tempo, so bestehen Sie das Testat nie. Die Haut muß heute noch ab, von den äußeren Schamlippen bis zum Hüftknochen. Wo ist eigentlich der andere?» Alexander murmelte was von Toilette.

«Toilette? Sie wollen doch mal Ärzte werden. Da ist Disziplin das Wichtigste. Oder meinen Sie, Sie könnten sich später mitten aus einer Herzoperation verabschieden, um aufs Klo zu rennen?» Der Professor ließ den Blick in seinem Hofstaat kreisen, der sich im weißen Halbmond um ihn formiert hatte. Beifälliges Gemurmel.

«Die Studenten waren schon immer dumm, aber heute sind sie auch noch faul, stinkfaul ...» Damit wandte er sich ab und suchte den nächsten Tisch heim. Mira kehrte zurück, immer noch blaß, warf ihm einen kurzen, dankbaren Blick mit einem großzügigen Lächeln zu, und begann ungerührt, an ihrem Bein weiter zu schneiden. Alexander empfand plötzlich das Bedürfnis, sie einfach in den Arm zu nehmen.

«Wie geht's?» fragte er. Dabei hätte es ihn viel mehr interessiert, ob sie einen Freund hatte.

2 Der riesige Hörsaal füllte sich bis zum letzten Platz. Mira quetschte sich durch die Reihe und setzte sich neben Alexander. Sie roch anders, auch ohne Formalin: ein neues Parfum, noch betörender.

«High», strahlte sie ihn an. «Schon angefangen?»

«Nein, er legt erst noch los.» Der Professor schnallte sich umständlich ein Mikro um den Hals und ließ den kleinen roten Punkt seines Laser Pointers prüfend über die Wand hüpfen. Er räusperte sich ins Mikrofon, bevor er begann.

«Heute sprechen wir über die Geschlechtsorgane ...»

«Na, wieder einigermaßen erholt?» fragte Alexander.

«Ja, viel besser, ich meine gut, eigentlich. Und noch mal danke für vorgestern.»

«... Die Geschlechtsmerkmale unterscheiden die beiden Geschlechter ...»

«Nicht der Rede wert. Sicherlich hättest du auch ...» Er stockte, als ihm der Größenunterschied klar wurde.

Mira lachte. «Ja klar, ich hätte dich auch rausgetragen.»

«... Man unterscheidet die primären und sekundären ...» Er spingste im halbdunklen Dämmerlicht. Kein Ring, wenigstens kein Ring am Finger. Vielleicht ist sie wirklich frei. Ich sollte etwas unternehmen, sie einladen.

«... Die sekundären Geschlechtsmerkmale hängen von der Einwirkung der Geschlechtsdrüsen ab und sind teils geschlechtlicher, teils außergeschlechtlicher Natur, das nächste Dia bitte ...»

«Hast du hiernach Lust auf einen Kaffee?» Aus dem finsteren Hinterhalt wurde ein weibliches Becken im seitlichen Aufschnitt an die kahle Stirnwand des Hörsaals geworfen.

«Ja, gerne. Wegen mir können wir auch gleich schon gehen. So trocken und langweilig wie der Prof liest, steht es noch nicht mal im Anatomiebuch.»

«... Zu den sekundären Geschlechtsmerkmalen genitaler Natur gehören die Ausbildung der ableitenden Geschlechtswege mit Anhangdrüsen und die Gestaltung der äußeren Geschlechtsorgane, die Schambehaarung und der Geschlechtstrieb ...» Alexander sah sie von der Seite an. Ihre sinnlichen Lippen im Profil, wie sie sich um ihn schließen würden. Ist der Mund auch ein Geschlechtsorgan? Alexander spürte, wie es in der Hose eng wurde. *Love is all you need.*

«Sekundäre Geschlechtsmerkmale außergeschlechtlicher Natur betreffen die Maßverhältnisse der Körperteile, die Verteilung des Fettpolsters, die Entwicklung der Brustdrüse, das sexuelle Verhalten und ebenso die besondere Affektivität …»

Affe steckt tief, reckt stief, deckt sie, er rief.

«Hat er eigentlich noch was gesagt?» fragte Alexander.

«Wer?»

«Na, der Professor natürlich. Dazu, daß du nicht da warst.»

«Nö, nicht daß ich wüßte. Außerdem bin ich dann ja noch gekommen.»

«Sexuelles Verhalten bietet die charakteristischen Merkmale primärer Bedürfnisse wie Unruhe …»

«Dann ist ja gut.»

«… Getriebensein, Suchtverhalten bis zur Entdeckung des Sexualobjektes …» *Love is the drug.*

«Komm», sagte sie und griff seinen Arm. «Hier lernen wir nicht mehr viel. Laß uns gehen.»

«… Eingeengte Wahrnehmung und Erregung, steife … äh, starre Ausrichtung auf das Triebziel …» Immer noch ruhelos raste der rote Knopf des Professors, diese nervös zuckende Lichteichel, durch das Innere eines weiblichen Beckens und besprang Höhlen und Falten, als sie gingen.

«Irgendwie zerschnippelt der den weiblichen Körper, jeder Satz ein Skalpell, die Worte mit einer Pinzette aufgepinnt, Analyse nennt er das, Wissenschaft und Logik. Aber es ist tot, kalt und hart, ein männlicher Zugang, nichts Weiches, nichts Weibliches, keine Lust oder Liebe. Nur Macht.» Zur Unterstützung schüttelte sie ihre Hand zur Faust geballt, eine golden glitzernde Kette hüpfte um ihr Handgelenk. «Siehst du das nicht?» Jetzt nagelte sie ihn fest. Alexander umklammerte seine Kaffeetasse. Sie bot wenig Halt, aber ihr Inhalt erhitzte, beschleunigte alles, bis ihm der Schweiß ausbrach. Vielleicht hätten sie doch warten sollen, bis draußen ein Tisch frei wurde, hier drin war es heiß und stickig.

«Na ja, kann sein, klingt interessant, ist irgendwie was dran.»

«Ist irgendwie was dran? Na hör mal, das ist ja wohl maßlos untertrieben.» Mens sana in corporis salax. Alexander versuchte seine Gedanken zu ordnen, die Neuronen zu stimulieren, zu erregen, auf daß sie diesen Ausschnitt, nein, nicht an ihr Dekolleté denken, daß sie ihn dieses Glied humanoider Brunftrituale geil, nein heil, überstehen ließen. Stehvermögen fand sich in der Tiefe des Schoßes. Nein, nicht jetzt, bitte nicht jetzt, er mußte zur Toilette, wahrscheinlich eine Folge des Kaffees, traute sich aber nicht aufzustehen, damit sich nichts abzeichne, ausdrücke, vorwitzig vorwage und rohrspitz rausrage. Am besten an etwas völlig anderes denken.

«Nein, du hast schon recht mit der Macht und so, aber wir müssen den ganzen Scheiß auch lernen, ich meine das macht doch nichts, wenn wir alles mal so gesehen haben ...»

«Ach, Alexander, du verstehst mich nicht. Mir geht es um die gesellschaftliche Funktion, den menschlichen und vor allem den weiblichen Körper auf seine Funktionalität als Reproduktionsmittel und Sexualobjekt zu reduzieren.» Mira griff nach ihrer Tasse. Eine Diskussion, in der er nur verlieren konnte. Widersprich nie einer hübschen Frau – zumindest vorher nicht.

«Meinst du das jetzt politisch oder was?» Die Reproduktionsmittel weckten unangenehme Erinnerungen. Dafür ließ wenigstens die Erektion erst mal nach.

«Ja, natürlich. Sexualität ist immer politisch. In der katholisch-patriarchalischen Gesellschaft werden Freiheit, Frauen und Sexualität gleichermaßen unterdrückt.» Das half, er konnte jetzt gefahrlos zur Toilette gehen. Um Frauen, die so redeten, machte man am besten einen großen Bogen. Vielleicht gehört sie auch zu denen, die eine vorbeugende Behandlung potentieller Vergewaltiger verlangten, damit diesen ihr Instrument der Gewalt entrissen werde ... Allein die Vorstellung ließ ihn schaudern. Schade, hätte schön werden können mit ihr.

Als er an ihren Tisch zurückkehrte, hatte sie sich eine angesteckt. Einladend hielt sie ihm die aufgerissene Packung hin. Er schüttelte den Kopf. «Ich rauche nicht.» Noch so ein Unterschied. Sie sog genußvoll, zog die gebräunten Wangen ein, so daß die Backenknochen noch stärker hervortraten. Ich stehe immer noch auf sie, dachte er, aber nur körperlich. Jetzt bloß keinen Fehler machen, bei so einer Politischen, einer Feministin, wie schnell ist die sexuell belästigt. Besser ich gehe rechtzeitig.

«Bringst du mich nach Hause?» fragte sie. Alexander nickte zögernd.

Mira verstand ihn nicht. Männer sind merkwürdig. Die ganze Zeit nett, schien sich sogar für sie zu interessieren – und dann ganz plötzlich blasen sie noch vor der entscheidenden Schlacht zum Rückzug, legen die Waffen nieder und ziehen den Schwanz ein. Wahrscheinlich hat er nur Schiß. Von wegen starkes Geschlecht, sie sind nur so stark, wie wir schwach sind. Sind wir zu stark, sind sie zu schwach. Na, warte. Sie stiegen in seinen alten Golf.

«Schnallst du dich nicht an?» fragte er.

«Nein», sagte Mira. Alexander fuhr los. Drei Ampeln lang schwiegen sie. Als sie aus den engen Gassen raus waren und auf die Autobahn bogen, fragte Mira: «Hältst du die Augen eigentlich offen oder geschlossen beim Orgasmus?»

«Was?»

«Red ich vielleicht französisch oder was, ich will wissen, ob du die Augen auf oder zu hast, beim Höhepunkt, wenn du abspritzt?»

«Äh, ich glaube offen ...» So verlegen war er richtig süß. Mira legte die Hand auf sein rechtes Bein und strich über die Innenseite bis zu dem Wulst in seiner Hose.

«He, äh, ich weiß nicht, ob das hier der richtige Moment ist und schon gar nicht der richtige Ort ...» Er versteifte sich richtig unter ihrer sanften Berührung. Mira legte ihm den Zeigefinger auf den Mund, ließ ihn verstummen. Dann umkreiste sie mit dem Finger seine Lippen und fuhr damit in seinen Mund. Er wehrte sich nicht, schien aber immer noch verwirrt. Alexander konzentrierte sich aufs Fahren. Mira zog seinen Reißverschluß auf. Er stöhnte kurz auf, kein Laut der Entspannung, mehr ein Klang der Klage, nicht hervorgestoßen, eher entglitten, rausgerutscht, als käme er ins Schlittern.

«Kannst du während des Orgasmus die Arme ruhighalten?» fragte Mira sachlich, aber mit tiefem, erotischem Timbre in der Stimme und fischte in seiner Hose.

«Mira ...» Der Protest war um einiges dünner als das pulsierende Stück in ihrer Hand. *A real handsome man.* Sie hatte wirklich was in der Hand bei dem Mann. Vergnügt beobachtete sie, wie er mit seiner Selbstbeherrschung kämpfte. Sie zog und molk. Das hier hat was, ist doch viel besser als in einem langweiligen Bett zu liegen. Die ewige Ruhe eines Bettes ist nur zum Sterben gut. Sie blickte aus dem Seitenfenster. Die ersten grünen Flecken flogen vorüber. Der Golf überholte einen Milchtankwagen. Der Fahrer konnte ihnen von oben in den Wagen sehen. Um sicher zu gehen, lehnte sich Mira mit dem Hinterkopf kurz und heftig gegen die Hupe, bevor sie sich ganz hinabbeugte und ihn in den Mund nahm. Alexander stöhnte wieder, diesmal war es eindeutig. Seine rotwächserne Eichel war so naß wie ihre Möse. Er schmeckte nach Thunfisch-Sushis mit gedünsteten Nierchen. Mira hob den Kopf und schaute zurück. Der Milchtankwagen hatte die Lichthupe aufgeblendet und schien zu trudeln. Oder waren sie das selbst?

«Deine Brust, bitte, laß mich deine Brust sehen, ich will sie anfassen», bat Alexander. Mira stülpte die Lippen wieder über ihn, schüttelte den Kopf und sog so fest, daß sie seinen

Schwanz hin- und herrüttelte. Dann richtete sie sich auf. «Später vielleicht. Jetzt wäre das viel zu gefährlich. Es heißt Augen auf im Verkehr, und die Hände sollen am Lenkrad bleiben. Beide! Es hat schon die schlimmsten Unfälle gegeben, wenn sich Männer einen runtergeholt haben am Steuer.» Damit machte sie sich wieder über ihn her, kitzelte das tropfende Loch an der Spitze mit ihrer Zunge, umkreiste den roten Helm und spielte mit den Fingern an seinen Eiern, bis der Sack sich straffte. Als sie ihn kommen fühlte, nahm sie ihn aus dem Mund.

«Was meinte eigentlich der Prof, als er vom ‹Ausschluß aller übrigen, als sekundär empfundenen Bedürfnisse, bis zur triebverzehrenden Endhandlung› sprach?» Alexander stöhnte, blickte glasig zu ihr rüber. «Bitte!»

Mira ignorierte seine Antwort. «Heißt das, jetzt hast du keine anderen Bedürfnisse, bis du abgespritzt hast?» Er versuchte sich zu fangen.

«Was machst du für ein Spiel mit mir? Willst du mich foltern?»

«Ja», lachte sie. «Gefällt es dir nicht?» Dabei formte sie mit Daumen und Mittelfinger einen Ring und strich damit über seine Eichel.

«Hast du das Hinweisschild gesehen?» Alexander stöhnte nur. «Wie weit ist es noch», beharrte sie. Inmitten der saftigen Hügellandschaft draußen starrte ein Dutzend stoischer Kühe im landkartengefleckten Fell auf die Autobahn.

«Ungefähr zweieinhalb Kilometer», antwortete er mit gepreßter Stimme. Der Motor röhrte, als hielte er es nicht mehr aus. Okay, also einen Gang zuschalten, schließlich habe ich den Schaltknüppel in der Hand. Sie nahm ihn wieder in den Mund und fuhr auf und ab. Alexanders Hand steuerte zu ihrem Kopf und wühlte in den braunen Locken. Mira nahm seine Hand und lotste sie zurück zum Lenkrad, während sie ihn mit der Linken bediente, arbeitete ihre Rechte am Sendersuchlauf. *Sowing the seeds of love.* Das paßt. *I suck seed.* Succeed, im Englischen heißt Samen saugen erfolgreich sein, nicht nur als Praktikantin. Jetzt kam er richtig in Fahrt, es hielt ihn kaum noch auf dem Sitz, verzweifelt umkrampften die Hände das Steuer, drohten es fast zu zerbrechen, und Mira zählte den Cockdown: Zwölf schwellende Schweineschwänze, elf schwellende Schweineschwänze, zehn schwellende Schweineschwänze, neun schwellende Schweineschwänze ...

Eine Frauenrechtlerin, noch dazu eine, die den Sozialismus im großen Mund führt, nein, das muß nicht sein.

Und dann diese freche Frage, dieser grobe Griff, jetzt bloß nicht loslassen, direkt und ungeniert, mitten auf der Autobahn, in was für einen Film bin ich denn jetzt geraten, ihre Lippen aufgeworfen und übergestülpt; und er, ans Lenkrad gekreuzigt, nur nicht loslassen, sie will ihn nicht anhalten lassen, will, daß er hier kommt, wie zu Pfingsten, das Geschenk der Zungen, hier und jetzt, in ihrem Mund, auf der Autobahn, die Augen starr auf die Fahrbahn gerichtet, aber nicht loslassen, denn dies ist mein Fleisch, weiterfahren, geradeaus, keine heftige Bewegung, jetzt bloß nicht verreißen, und mein Blut, in der Farbe der Unschuld, kittelfarben, wie es für Dich vergossen wurde. Alexander ahnte den Ruck, fühlte es vom Becken bis ins Rückgrat zucken, spürte die heiße Welle kommen, jenes unhaltbare Aufblähen und Aufpumpen, bis die Explosion sie überschwemmte.

Nein, das ist keine Frau, wie ich sie kenne, das ist ein Feuerwerk, ein Vulkan, die trägt das ewige Feuer der Sonne in sich.

Sie saßen auf dem Balkon und aßen Rührei. Ihre Wohnung: die erfolgreiche Paarung zwischen studentischem Sparzwang und klassischer Ästhetik, dazwischen Reliquien einer melancholischen Jungmädchenzeit und das alles kondensiert auf 40 Quadratmeter.

«Wieso sprichst du eigentlich so komisch?» fragte sie kauend.

«Wie meinst du das?»

«Na ja, das rrau-rraus-rrollende ‹R›, das klingt irgendwie östlich. Bist du Pole, Russe oder so was?»

«Nein, ich bin Deutscher. Meine Familie hat aber bis 1976 in Tscheljabinsk gelebt. Das liegt in Rußland, Westsibirien.»

«Und warum seid ihr dann rübergekommen?»

«Deutsche sind in Rußland nicht sehr gut gelitten. Mein Vater war außerdem Dissident, deshalb mußten oder durften wir ausreisen, wie man's nimmt.»

«Und wie war das Leben im real existierenden Sozialismus?»

«Beschissen, total trostlos, weil sich nichts tut, absolut überhaupt gar nichts. Ein Riesenland im Koma.»

Sie blickte gereizt von ihrem Teller auf.

«Meinst du vielleicht, hier wäre es besser? Glaubst du wirklich hier würde sich einer um den anderen scheren? Geldmachen und noch mehr Geldmachen, das ist der kapitalistische Glaube. Und der wahre Dom steht in Frankfurt und heißt Bundesbank. Dagegen war der Tanz ums Goldene Kalb eine Schulaufführung der sieben Wirtschaftsweisen.» Alexander nahm den Orangensaft und füllte ihre Gläser nach.

«Laß uns über was anderes reden. ‹Lubek› – dein Name klingt auch nicht sehr deutsch. Wo bist du denn her?»

«Meine Eltern sind aus Schlesien. Sie haben sich nach dem Krieg in einem Flüchtlingslager kennengelernt und geheiratet. Vater ist Fliesenleger und hat einen eigenen Betrieb.

Die sind so stockkonservativ, daß sich meine Mutter jedes Jahr für den Revanchistenkarneval verkleidet.»

«Revanchisten feiern ihren Karneval extra?»

«Nein», lachte Mira. «So nenne ich die Schlesiertreffen, weil sich meine Mutter wie die meisten Frauen dort dafür in ihre alte Tracht zwängt. Na ja, und wenn die Schlesier nicht revanchistisch sind, wer dann.» Sie sah ihn herausfordernd an. Er lächelte ihr zu.

«Immerhin haben sie ihre Heimat verloren.»

«O Gott, das kann ich nicht mehr hören. Das sagt mein Vater auch immer. Dabei interessiert ihn die Heimat einen Dreck. Wenn er dort noch mehr Geld verdienen könnte, ginge der sogar zum Mond. Von wegen Heimat! Außerdem: Deutschland hat einen Krieg angezettelt, ihn verloren und mußte dafür bezahlen. Das ist doch völlig in Ordnung.»

«Charaschow, ich will mich nicht mit dir streiten.» Alexander stand auf, ging zu Miras Stuhl, beugte sich zu ihrem Gesicht hinab, berührte behutsam ihre Wange und küßte sie auf den Mund. Ihre weichen Lippen wichen auseinander, ihre Zungen spielten, umkreisten sich, tasteten durch die fremde Höhle, gruben im Mund, wühlten im Fleisch. Am Übergang des Kiefers zum Hals bemerkte er einen blonden, lichten Flaum, ein feines Haarmuster, viel heller als die wilden Locken. Er vergrub die Nase in ihrem Hals, sog ihren Geruch in sich auf. Sie begannen sich auszuziehen, sanft, ohne Eile, mit der stillen Vorfreude des Feinschmeckers, der eine edle Pralinenschachtel öffnet. Ihre Haut strahlte ihn an, weich und glatt wie ein Robbenbaby. Alexanders Mund ging auf Entdeckungsreise. Er wanderte über ihr Gesicht, spazierte den samtenen Hals hinab, überquerte die Schlüsselbeine, bummelte über ihre Brust, bestieg die erstarkten roten Knöpfe, begab sich zum Rippenbogen, rutschte über die weich wandernden Bauchwellen, umging den Dschungel, lief über die ganze Länge ihrer Schenkel, machte kehrt und schlich sich durchs lockig lockende Gebüsch bis zum lustvoll überschäumenden Innersten. Nackt war sie noch schöner.

«Komm», sagte sie und zog ihn an sich.

Echt süß, der Typ. Wie er verlegen in seinen Eiern rumstochert. Bezaubernd, wie unsicher er mich ansieht. Jetzt bin ich dran, verwöhnt zu werden. Genau, komm rüber, küß mich, wie du noch keine geküßt hast, küß mich überall, ich will dich spüren, küß mich wild und blutvoll, als wär's für die Ewigkeit. Ziehen wir uns aus, ich will dich sehen, ich will dich riechen und schmecken, ich will dich fühlen, ich will dich. Wie hübsch er ist. Die Brust: stark gezeichnet, etwas wollenes Gestrüpp, nur genug zum Spielen, kein Affenfell; die Arme: kraftvoll, um sich fallenzulassen, getragen zu werden; der Po: schmal und fest und knackig.

«Ich mag keine Gummis, nimmst du die Pille?»

Mira schüttelte den Kopf.

«Ich mag keine Pille. Ich will nicht in meinen Hormonhaushalt eingreifen, davon komme ich schlecht drauf.»

«Depressionen?»

«So kann man es auch nennen. Aber mach dir keine Sorgen, heute ist es ungefährlich.»

«Und sonst?»

«Sonst benutze ich ein Diaphragma. Ich verlasse mich nicht auf Männer.» Er umarmte sie, drückte ihren weichen Körper an sich.

«Wie schön du bist», murmelte Alexander. Mira küßte ihn. Sie spürte, wie sie ihn wachküßte, wie die Spannung seines Körpers wuchs, seine Umarmung, stürmisch und zart, ja schüchtern zugleich, während sich das schwellende Fleisch an ihrer feuchten Pforte rieb und drängte. Sie griff sich seinen Schwanz, genoß Alexanders lustvolles Aufstöhnen, als sie ihn massierte. Wie von selbst glitt er in sie hinein und begann zu pumpen.

Komm, ich will dich ganz, ich will dich in mir fühlen, du sollst mich füllen, meine brennend klaffende Wunde schließen, mein innerstes Feuer löschen, ja, komm jetzt; ich will auf dir reiten, du sollst traben, ich will dich treiben, will es mit dir treiben, mit dir im Galopp davonjagen, weiter, tiefer, fester, heißblütig und stürmisch, bis es uns davonreißt, wir hemmungslos abheben, wegfliegen; ich will der Hitze nachjagen, der Sonne entgegen, will meine Schwingen versengen, nur weiter, höher, noch tiefer, noch härter, halte mich, bitte, weiter, ja, bis – wir zusammen in den Himmel fallen. Ein Fleisch, ein Blut. Consumnatum est.

«Was hast du da gemacht?» fragte er, als sie still beieinander lagen, und deutete auf ein Muster weißer Linien, das auf ihrem sonnengebräunten linken Unterarm hervorstach.

«Ein Unfall», sagte sie kurz.

«Ein Unfall, mit so gleichmäßigen Narben?»

Sie zögerte kaum.

«Nennen wir es einen Unfall, okay?»

3 «Sie müssen täglich mindestens achtzig Seiten lesen, achtzig Seiten Medizin, täglich Sonst ist dieses Fach nichts für Sie! Dann hören Sie besser gleich auf.» Der Professor zog wieder durch den Seziersaal, machte seine Tournee von Tisch zu Tisch, im Schlepptau sein Gefolge. Auch der vierschrötige Assistent, den sie schon von Beginn des Kurses kannten, war wieder dabei und notierte die Anweisungen des Professors auf einem Schreibbrett. Mira und Alexander schnitten konzentriert weiter, vermieden es aufzusehen, vermieden Aufsehen, weil nur der, der unbemerkt bleibt, zu bemerkenswertem Erfolg kommen kann.

«Und merken Sie sich, Medizin ist kein Beruf, sondern eine Berufung. Das bedeutet: es darf nichts in Ihrem Leben geben, das auch nur annähernd so wichtig ist wie die Medizin, die Medizin ist ab sofort Ihr Leben, nichts anderes, vergessen Sie Hobbies, Freunde oder sonstige Leidenschaften ...» Jetzt war er an ihrem Tisch angekommen, beugte sich über die zerfledderte Leiche und stöberte zwischen den Muskeln nach erhaltenen Nervenenden. Inmitten des stechenden Geruchs verzog er keine Miene.

«Wo ist denn hier der Schambeinnerv?»

Mira zuckte mit der Schulter.

«Also so geht das nicht. Den müssen Sie sauber rausarbeiten, richtig schön präparieren. Beim nächsten Mal zeigen Sie ihn mir, sonst ist für Sie der Kurs zu Ende. Ich hoffe, wir haben uns verstanden.» Der Professor nickte mit seinem goldfarbenen Kopf in Richtung des Assistenten, der mit seinen Wurstfingern eilfertig Notizen machte.

«Und was ist, wenn man einen Nerv nicht findet?» fragte Alexander.

«Oh, das ist ganz schlecht, das gibt es hier nicht. Sagen Sie mal, wie heißen Sie eigentlich, Ihr Idiom hört sich nicht gerade deutsch an.»

«Alexander Stern. Ich bin als Deutscher in der Sowjetunion geboren.»

«Gott, was haben wir hier denn für einen Tisch. Ihr Name» – dabei deutete er auf Mira – «klingt auch mehr nach Wolga als nach Rhein.» Der Professor nahm die Brille ab und wischte sie mit einer Ecke seines Kittels. «Früher waren die Studenten dumm, aber wenigstens deutsch. Heute sind sie nur noch dumm.» Er hielt Alexander den ausgestreckten Zeigefinger wie eine Schußwaffe unter die Nase.

«Wissen Sie, was bis neunzehnhundertachtunddreißig weltweit die wichtigste Sprache in der Wissenschaft war, wissen Sie, in welcher Sprache damals publiziert wurde?» Herausfordernd blickte er in die Runde der Studenten. Die meisten blickten schafsäugig zurück. Der sicherste Weg.

«Deutsch», sagte Alexander.

«Stimmt», sagte der Professor. «Wenigstens das wissen Sie.» Damit machte er sich davon, eine Horde Weißkittel wie die Schleppe eines Hochzeitskleides hinter sich herziehend.

«So eine Scheiße», schimpfte Mira, «ich glaube, ich habe seinen verdammten Geschlechtsnerv schon letzte Woche abgeschnitten, weil ich sonst nicht vom Leistenband unter der Vaginalarterie bis an die großen Schamlippen gekommen wäre. Was mach ich bloß.»

«Kein Problem», sagte Alexander und übertrieb breit grinsend seinen Akzent. «Wir Russkij sind bekannt für unser Improvisationstalent, Robot pa Russkij. Wer eine Raumstation mit dem Pappklebeband Sawjet aus dem Kombinat Tschernyi Ursus in Sewastopol im Orbit halten kann, kapituliert nicht vor einem verlorenen Nerv.» Er griff in die Tasche seines Kittels und zog eine fingerhutgroße lila Tube hervor. «Nein, das ist kein russisches Gleitmittel, keine russische Zahnpasta und auch kein Abendessen aus russischer Kosmonautenkost, auch wenn es heißt, sie schmecke so ähnlich – das hier ist die Rettung für dein Testat.»

«Gibt es etwas, das dich besonders anmacht?» Mira lag in Alexanders warm wuscheliger Armhöhle, nackt gekuschelt, hinter dem Teelicht röhrte ein düster zarter Peter Gabriel seine bittersüße *Mercy Street*. Alexander räusperte sich, sein Kehlkopf stockte an ihrer Schläfe. *All she can see are the dreams all made solid …*

«Irgendwas, von dem du träumst, das du schon immer mal machen wolltest, dich aber nie getraut hast?» … *Are the dreams made real …*

«Ja, es gibt was, das mich anmacht.»

«Und was? Mach's doch nicht so spannend.» … *Were once just a dream in somebody's head …* Mira goß Wein nach.

«Der Kittel.»

«Was?» … *Wear your inside out dreaming of mercy …*

«Du hast schon richtig verstanden, der Arztkittel, der Visitenmantel macht mich an.» … *He's the doctor he can handle the shocks* … Mira starrte ihn ungläubig an.

«Nicht wie du meinst, nicht als Herrschaftsinstrument. Aber gerade weil der blütenweiße, unschuldige, reine Arztkittel so ein Symbol der kühlen Distanz ist, ein metaphorischer Panzer gegen Liebe, Lust und Leidenschaft, genau deshalb finde ich es besonders geil, in und mit ihm Sex zu treiben. Es bekommt dadurch etwas äußerst Verruchtes.»

«Wow, das hätte ich dir gar nicht zugetraut. Macht dich denn auch die Berührung an, findest du es geil, ihn auf nackter Haut zu spüren?»

«Ja, wenn der rauhe und steife Stoff über die Haut kratzt …» *Dreaming of the tenderness – the tremble in the hips* …

«Bist du drunter manchmal auch nackt?»

«Das habe ich noch nie ausprobiert.»

«Dann mach es doch mal, laß ihn doch einfach drunter raushängen – oder stehen, je nachdem.» *'swear they moved that sign* … «Wie wär's damit beim nächsten Anatomiekurs? Solange du schön zugeknöpft bleibst, kriegt das doch keiner mit.»

«Nein, das mache ich nicht.» Alexander dachte nach. «Ich weiß nicht.»

«Laß es uns versuchen. Und wenn du außer Hannelores Fledderreizen noch etwas Stimulation brauchst, hol ich dir einen runter, unter dem Tisch.» … *Looking for mercy* … «Ich habe übrigens auch noch eine Überraschung für dich. Du mußt nur mitkommen und mir vertrauen. Ich will noch hoch hinaus mit dir, einen ganz besonderen Höhepunkt erleben, eine Gipfelerfahrung, das Höchste der Gefühle.» … *Riding the water, riding the waves of the sea.*

«Hast du Geschwister?»

«Ja, einen Bruder, der ist neun Jahre älter als ich. Wie kommst du darauf?» Mira beobachtete Alexander, der sich über Hannelores ausgeschlachtetes Bein beugte.

«Es interessiert mich einfach.» Er hielt mit der Pinzette den Fetzen Schlagader, den sie mit Schere und Skalpell in eine dünne weiße Schnur verhext hatte. Die Klebestellen müssen trocken, sauber, fettfrei und paßgenau sein.

«Bist du sicher, daß das hält, Alex? Fettfrei kriegen wir das nie.» Mira verzog die Stirn in krause Falten.

«Doch, bestimmt.»

«Und wenn er merkt, daß es ein Stück Arterie ist und kein Nerv?» Auf beiden Seiten sehr dünn auftragen, Teile fest zusammenpressen.

«Das wird er nicht merken. Wie soll er das denn überprüfen? Das könnte er nur, wenn er das Gewebe unter Strom setzen würde.» Säurefrei, tropft nicht, schrumpft nicht.

«Weil der Nerv elektrisch leitet?»

«Genau. Und wenn er das täte, wer weiß wie Hannelore dann zusammenzucken würde.» Er lachte. Miras Nachbarin begaffte Alexanders Operation. Klebereste können sauber abgerubbelt werden.

«Es muß nur aussehen wie gewachsen, also wie im Fleischerladen.» Sorgfältig bestrich er ein Ende mit einem milchigen, dickflüssigen Tropfen und versenkte den Streifen an der Beckenseite der Leiche.

«Charaschow», sagte er und grinste Mira ins Gesicht. «Noch nie war der Nerv so schön wie heute.» Mira griff mit ihrer latexgeschützten Hand seinen Kopf, zog ihn heran und küßte Alexander sanft auf den Mund. Dann eine verstohlene Berührung, ein kurzer Kontakt, ein luftiger Druck und sie wußte. Der Kittel steht ihm gut, der steht ihm gut im Kittel.

«Danke, du geliebter Halbgott in Weiß, was weiß ich, aber wundervoll, wie du dir im Weiße deines Angesichts die

Kreatur untertan machst.» Miras Nachbarin stand reglos wie eine Kuh, der der Unterkiefer runtergefallen ist.

«Außerdem ist er schwul», sagte Mira.

«Wer?»

«Mein Bruder.»

«Ach so.»

«Kann ich mal dran ziehen?»

«Was, hier, in aller Öffentlichkeit?

«Nicht unter deinem Kittel. Ich weiß doch, daß du da hältst, was du versprichst. Aber bei deinem Nerv bin ich nicht so sicher. Vertrauen ist gut, ziehen ist besser.»

In der Mitte des Seidentuchs verschlingt ein indisches Götterpaar die Glieder, zwischen ihren bizarr abgespreizten Beinen steckt der tantrische Mann, die Spitze seines Gliedes in ihre Spalte gebohrt, darüber begreifen seine Hände ihre festen Brüste, eine Etage höher umzüngelt sich das Zungenschlangenpaar. Mira rollte das Tuch zusammen, legte es um Alexanders Kopf, sorgfältig auf die Augen placiert und verknotete es an seinem Hinterkopf.

«Was hast du mit mir vor?»

«Du weißt doch, das ist eine Überraschung.»

«Und wenn es mir nicht gefällt?» Mira lachte.

«Wart ab. Hauptsache ein Kick. Außerdem denk dran, es ist ein Spiel, heute darf ich bestimmen. Deinen Kittel haben wir auch dabei.» Mira nahm Alexander an der Hand und führte ihn die finstere Straße entlang. Mehrere Minuten marschierten sie schweigend. Dann stoppte Mira und löste das Seidentuch.

«Wir sind da.» Alexander sah sich um. Sie standen vor dem Bretterzaun einer riesigen Baustelle. Betreten der Baustelle verboten. Eltern haften für ihre Kinder. Aus dem Baggerloch streckte das ausgebleichte Skelett eines Krans seine scharfe Silhouette ins dünne Neumondlicht über der Stadt.

X-TC, im Rausch der Höhe versprach eine Kompanie halbzerrissener Papierveteranen auf dem Zaun, daneben Werbung für Fallschirmspringen: Stürzen Sie sich vom Himmel, an Christi Himmelfahrt 1982, ab 15 Uhr. Alexander sah Mira fragend an. Mira ließ die Locken in den Nacken fallen und blickte zum Kran.

«O nein, ich habe Höhenangst.» Alexander schüttelte den Kopf.

«Na, komm schon, das wird einmalig, ich versprech es dir.»

«Ich mach das nicht.»

«Doch. Gerade wenn du es trotz deiner Angst machst, wenn du dich überwindest, dann wirst du freier. Höhenangst macht unfrei, das schränkt dich ein.»

«Da bleibe ich lieber eingeschränkt.»

«Sei nicht so beschränkt.» Mira tippelte mit aufreizendem Hüftkreisen um ihn herum, verharrte direkt vor Alexander, balancierte auf einem Bein, schob das andere an seine Hose, rieb mit dem Knie über seinen Wulst und zwängte ihren Unterschenkel zwischen seine Beine. Sie schlang die Arme klingelnd um seinen Hals und strahlte ihm in die tintenblau glitzernden Augen. Alexander öffnete die Lippen. Mira warf ihren Mund darauf und ließ ihre heiße Zunge in ihm zischeln. Geschmack nach Weinaroma, bitter von der letzten Zigarette. Ihre Hand hauchte über sein Gesicht, mit der andern krallte sie seinen Hintern, bis er ihr den Unterleib ins Becken preßte. Erfreut ergriff Mira den hitzig harten Puls in seinem Schritt, zupfte am Reißverschluß und kämpfte sich in der Enge durch. Triumphierend zerrte sie ihre zuckende Beute aus dem Verlies und knetete sie, bis der Widerstand härter wurde, er wieder stand, stramm wie ein Soldat. Von der Rothelmtruppe. Mira ließ sich auf die Knie sinken, verschluckte den Helm und leckte ihn mit der Zunge. Alexander stöhnte leise auf.

«Du weift, if will dif lauter», schmatzte sie, «brüllen follft du, die Ftrafe fufammenfreien.»

«Du bist verrückt», preßte Alexander heraus. «Wenn jemand kommt ...» Mira nahm ihn aus dem Mund, massierte weiter.

«Wenn hier einer kommt, dann bist du das. Wir machen hier weiter oder oben im Kran. Ich habe dich in der Hand.» Alexander verdrehte die Augen.

«Okay, wir versuchen es. Aber wenn es zu heftig wird, dann brechen wir es ab.»

«Einverstanden.» Sie hielt ihn weiter fest, während sie zwei lose Bretter zur Seite schob und ihn auf den Bauplatz führte. Nachdem die Lücke wieder geschlossen war, stolperten sie über einen Sandhaufen.

«Das erinnert mich an einen Witz», sagte Alexander.

«An den von dem verwunschenen Wolf, den das Mädchen am Schwanz packt und der nach der Verwandlung zum Prinzen sagt: jetzt kannst du mich aber loslassen?»

«Ach du kennst ihn?»

«Mußt deshalb nicht enttäuscht sein.» Sie stießen gegen einen im Dunkel getarnten Sandstein. Mira tastete sich durch Stapel von Baumaterialien.

«Ich bin nicht enttäuscht.» Seine Stimme klang anders, außerdem lag die Antwort auf der Hand. Endlich waren sie da, das düstere Gerüst ragte wie ein stehend schlafender Dämon in die unendliche Dunkelheit.

«Wie sollen wir da überhaupt raufkommen?» Alexanders Stimme hing am Hochseil.

«Wie alle: an der Seite gibt es eine Leiter.»

«Und das in dieser nachtschwarz stockfinsteren Dunkelheit? Hast du denn noch nicht mal an eine Taschenlampe gedacht?»

«Gedacht schon, gedacht und verworfen. Ganz dunkel ist noch unheimlicher, macht mehr an.»

«Also mich nicht.» Mira bilanzierte den aufgeweichten, kläglichen Rest.

«Stimmt. Aber das wird schon wieder. Komm.» Sie nahm ihn jetzt an der Hand und zog ihn ins Innere des löchrig-stählernen Turms. Sie glitten mit den Händen über die Stahlträger. Mira stieß mit dem Fuß an die unterste Sprosse. Dann kletterte sie ohne sich umzusehen hinauf, bis sie von der Finsternis verschluckt war.

«Mira.» Sie antwortete nicht. «Mira, komm zurück, das ist doch viel zu gefährlich. Mira, MIRA!» Keine Reaktion. Alexander mahlte hörbar mit den Zähnen, tastete nach der Leiter, klammerte sie mit eisernem Griff und hievte den unwillig gebeugten Körper langsam voran. Bloß nicht nach unten sehen, bloß nicht daran denken, was passieren könnte. Schritt für Schritt, eine lange Leiter. Besser eine lange Leiter als eine lange Leitung. Nein, jetzt besser eine lange Leitung, um nicht daran zu denken, bloß nicht nach unten schauen, was passieren könnte. Schritt für Schritt, immer weiter, eine unendlich lange Leiter. Leider auf der Leiter, besser auf der Leitung stehen als auf dieser Leiter, was passieren könnte, nicht daran denken, um bloß nicht nach unten zu starren, angezogen, magnetisch von der Tiefe. Die Großstadt breitete ihren Lichterteppich aus und pustete ihm einen Sommernachtswind ins Gesicht. Noch nie eine so lange Leiter, eine richtige Himmelsleiter, wo, wer war es noch mal, Jakob, glaube ich, mit sich selbst kämpfte, oder war es ein Engel oder war es Höhenangst, immerhin hat sich Jakob ein Hüftleiden zugezogen. Über ihm klapperte was. Nur noch ein paar Stufen. Die Stufen zum Himmel. *Stairway to Heaven.* O Mira, was machst du nur mit uns.

«Gib mir deine Hand», sagte sie. Ein paarmal wischte Alexander ins Schwarze, bevor er ihre Hand zu fassen bekam, die ihn durch eine Bodenklappe zog. Mira ließ die Klappe fallen, legte den Rucksack ab, wühlte und entzündete feierlich ein Teelicht. Erschöpft sackte Alexander auf den Fahrersitz. Mira lächelte ihn liebevoll an.

«Hier krieg ich bestimmt keinen hoch», bekannte Alexander matt.

«Das werden wir noch sehen. Wir haben Zeit, die Nacht ist lang.» Aber irgendwann müssen wir wieder runter. Noch mal dieser Horrorweg. Sein Magen stob bei dieser Vorstellung in die Höhe wie ein Schwarm aufgescheuchter Tauben. Mira packte eine halbvolle Flasche Rotwein und zwei Pappbecher aus und goß ein. Jetzt auch noch Alkohol. Mira stieß mit ihm an. Sein Mund pelzig, wie frisch gebeizt, die Zunge aus Sandpapier. Mira warf ihm den Kittel rüber.

«Zieh dich um.» Dann begann sie sich selbst auszuziehen, langsam und selbstvergessen, mit eleganter Bewegung fiel das Top, unter dem sie in dieser lauen Sommernacht nichts trug, die Leggins rutschte zu den Knöcheln, der Slip glitt hinab, bis nur noch ihr Schmuck auf der glänzend dunklen Haut glitzerte. Hinter ihr blinzelte die Großstadt im 3-D-Panorama durch die Fenster des Kranhäuschens. Alexander zwang sich dazu, nur Mira anzusehen und das Lichtspieltheater, in dem sie als Königin der Nacht zu baden schien, auszublenden. Ihm war schwindelig. Schwankte nicht der ganze Kran im Nachtwind. Umfallen kann er eigentlich nicht, hat man noch nie gehört, sowas, würde bestimmt in den Nachrichten gemeldet. Mira wurde zur Nuit, über deren nachtblauen Leib die Sternenfunken hüpften. Sie begann ihn sanft auszuziehen. Er roch sie, schnupperte *Extase,* ihr neues Parfum, schnüffelte nach Spuren von frischem Schweiß und witterte ihren scharfen Moschus des Verlangens, während ihre Hände an ihm zupften und rupften. Mit ihrer begehrlich-feuchten Spalte ließ sie sich auf seinen Oberschenkel nieder, ritt und rutschte, bis ihm ihr Saft vom Bein lief. Wie hoch kann ein solcher Baukran sein, wie kriegen sie den eigentlich hierher, wie richten sie ihn auf. Mira langte in seinen Schoß, kontrollierte den Neigungswinkel, fixierte das Werkzeug, schwang sich darauf und ritt mit ihm in die Nacht hinaus. Mein Vater, mein Vater, jetzt faßt er mich an. Alexander öffnete den Arztkittel weit wie Engelsschwingen, warf den starren Stoff über sie, so daß beide wie unter einem engen weißen Zelt verhüllt wurden. Alexander griff ihre Brust, so fest und weich, die vorwitzige Warze keck hervorgereckt. Bis zum Anschlag der Schambeinknochen umschloß sie ihn, ihr muskulöser Beckenboden umklammerte und molk, das heiße, weiche Fleisch arbeitete, bis das Geflirre der Stadt um ihn versank, er mitpumpte, sich aufbäumte, in ihre Möwenschreie einfiel, abhob, still schwebte, steil aufstieg, mitflog, wild über den Himmel taumelte, dem Licht entgegenschleuderte, im Sturzflug in die Tiefe jagte, tiefer, noch tiefer und fester, ja, genau so, immer tiefer, hinein in die Pforte, wie ein Uhrwerk aufgezogen, zum Platzen gespannt, dann der Moment, wenn es sich löst, nichts mehr zu halten ist, die Explosion naht, die Welt unter ihrer Flut begräbt, gib's ihr, hinein, alles hinein und hinsinken in ihren, in Ewigkeit Amen.

Alexander wußte nicht, wie lange sie schon auf dem Fahrersitz übereinander lagen, seine Beine waren eingeschlafen, Miras Atem wehte als warmer Hauch an seinem Hals. Mit einem Kuß weckte er sie. Benommen begann er sich anzukleiden. Wieder runter. Die Angst strangulierte ihn, verstopfte den Kehlkopf bis alles verstummte. Nur nicht daran denken, nur nicht hinuntersehen.

Mira stieg wieder voran. Alexanders Knie schmolzen zusammen, als Mira die Einstiegsklappe öffnete und hinauskletterte. Greisenhaft langsam schleppte er sich in die pechschwarze Tiefe. Zum Glück konnte ihn hier keiner sehen, niemand, der sich über seine klägliche Kletterei lustig machen konnte. Auch Mira war schon lange außer Sicht, nur gelegentlich hörte er den Stahl leise widerklingen, wenn sie irgendwo mit etwas Metallischem angestoßen war. Alexander kämpfte sich durch die endlose Finsternis, seine Füße tasteten einzeln nach dem nächsten Halt, auf den er das Körpergewicht so sachte niedersinken ließ, als könne die stählerne Sprosse unter seinem Druck nachgeben und ihn in die Tiefe stürzen. Seine Schritte waren nicht mehr sicher, die Schuhe schlitterten über die Eisenringe. Vielleicht der Wein. Alexander bereute den Ausflug, wurde wütend auf seine Angst, wütend auf Mira. Irgendwas löste sich an seinem Arm, glitt davon, verschwand in wattiger Stille und tauchte mehrere Sekunden später als verhaltenes Glasklirren wieder auf. Verdammt, meine Uhr.

4 Die künstlich helle Weite des Seziersaals war erfüllt vom Raunen ängstlicher Anatomiefragen, hektischen Nachblätterns und aufgeregten Gekichers. Der große Tag war da. Die Guten ins Töpfchen, die Schlechten ins Kröpfchen.

«Es war doch bloß eine Uhr», maulte Mira.

«Aber es war die Uhr von meinem Vater. Ich habe sie geschenkt bekommen.»

«Dann soll er dir eben eine neue schenken.»

«Das geht nicht.»

«Warum?»

«Weil mein Vater tot ist.»

«Oh, das tut mir leid. Das wußte ich nicht. Woran ist er denn gestorben?»

«Nostalghia.»

«Kenn ich nicht. Steht die Krankheit im *Pschyrembel*?»

«Nein. Kennst du den Film *Nostalghia* von Tarkowskij?»

«Nein. Ist das ein Russe?»

«Ja. Er ...» Weiter kam Alexander nicht, denn die große weiße Karawane zog heran und legte ein bleiernes Schweigen über die Studentenschar. Der blonde Professor an der Spitze steuerte den ersten Tisch an und begann mit den Testaten. Mira schlich sich neben Alexander und schob ihre Hand unter seinen Kittel.

«Nicht jetzt, Mira.»

«Kommt das Wort Testat eigentlich von Testes, dem Fachausdruck für Hoden?» flüsterte sie zurück.

«Laß das, sonst ...»

«Sei nicht so steif, das Testat wird hart, da mußt du deinen Mann stehen und zwar ganz.» Steinhart würde er ihm jetzt stehen das spürte er zunehmend. Mira fummelte an seiner Hose und befreite seinen Ständer, der sich im rauhen Stoff des Kittels reiben konnte. Miras Nachbarin starrte auf Alexanders weißbehütetes Becken wie ein Kaninchen auf die Schlange. Sie mußte irgend etwas mitbekommen haben. Mira beugte sich zu ihr hinüber und raunte ihr spöttisch ins Ohr.

«Willst du auch mal?» Ihre Nachbarin verzog das Gesicht und drehte sich brüsk zur Leiche. Mira grinste. Seine Verlegenheit schien ihr zu gefallen. An was anderes denken, nicht an Miras wundervollen Körper, jetzt bloß an was ganz anderes denken, nicht an Miras volle Brüste mit den frechen Nippeln, nur nicht daran denken, an Miras fleischige und saftige Wonnepforte, nicht an ihre flinken Finger denken, wie sie ihn umfassen, nicht an ihren munteren Mund, wie er ihn aufnimmt und bearbeitet. Nur nicht. Alexander zwang den Blick auf die Leiche und landete zwischen ihren Beinen. Die bartlos nackte Spalte starrte zurück. Das Undenkbare denken, eine Spalte ist eine Spalte ist eine Spalte, in den zerfressenen Kadaver eindringen, im kalten Formalinsaft matschen; abstoßend, muß doch abstoßen, und doch, da ist was, das Undenkbare, darf man gar nicht daran denken, aber wenn man muß, wenn doch eine Kraft davon ausgeht, die anzieht. Neinneinnein, das kann nicht sein. Goldköpfchen rückt näher, das turnt ab, Gott sei Dank.

Der Professor begann am Kopf, mit den Zahnis. Die vorbildlichen Zahnmediziner wußten natürlich alles, bestanden mit Bravour. Der Professor arbeitete sich über die Arme zum Rumpf. Mit jedem erfolgreichen Kommilitonen wurde es schwerer für sie, die Wahrscheinlichkeit stieg, daß der Professor, der für seine Strenge bekannt war und dem sehr an Selektion gelegen war, einen von ihnen nicht bestehen lassen würde, nein, einen durchfallen lassen mußte, weil er grundsätzlich ein bis zwei Studenten pro Leiche durchfallen ließ, um seinem Ruf gerecht zu werden.

Miras Nachbarin wurde bearbeitet. Der Professor zupfte und zerrte in ihrem Gedärm, wollte Nervenstränge isoliert sehen, verlangte vorzeigbare Adern, durchwühlte ihre Bauchhöhle wie bei einem Einbruch. Miras Nachbarin hielt schafsköpfig stand, als Buße für das nie Gewußte, das allzuschnell Vergessene und das nie Verstandene, glotzte sie zu Boden, als stünde die Antwort auf den Kacheln und spielte so, was sie zu spielen hatte, damit der Professor befriedigt wurde. Das war knapp.

«Herr Stern ist der Nächste.» Alexander meldete sich.

«Ach so, Sie sind der Russe.» Bloß nicht provozieren lassen, nur an das Testat denken.

«Nun erklären Sie mir mal, welchen Weg der männliche Samen bei der Ejakulation nehmen muß. Ejakulationen gibt es doch noch in Rußland oder sind die dort inzwischen auch verstaatlicht?» Sein Blick über den Halbkreis in Weiß, der sie umstand, dirigierte die Claqueure, ihr Gelächter setzte perfekt getimet ein, wie vom Band, wie in einer billigen amerikanischen Sitkom. Nicht reagieren, das gehört dazu, die Demütigung als Initiationsritual, immerhin ist der Umgang in der Roten Armee noch härter, auch wenn Goldköpfchen gut dort hinein passen würde. Feldwebel Goldköpfchen.

«Die Samenfäden werden nach der Reifung im Hoden im Nebenhodenschweif gespeichert. Das saure Milieu des

Sekrets und der Sauerstoffmangel legen die Samenfäden lahm. Beim Samenerguß werden sie durch die Zusammenziehung der Muskeln im Nebenhodengang aus dem Nebenhodenschweif ausgetrieben.» Der Professor gähnte gelangweilt in das Innere der aufgeklappten Leiche, wo die präparierten Adern und Nerven ein feines Geflecht bildeten. «Dann schwimmen die Samenfäden durch den Samenleiter zur Vorsteherdrüse. Kurz zuvor endet auch der Ausführungsgang der Bläschendrüse im Samenleiter. Die Spritzgänge setzen den Samenleiter in der Vorsteherdrüse fort und vom Blasenhals bis zur Eichel passieren die Samenfäden die Harn-Samen-Röhre ...»

«Ja, ja, das wissen Sie offenbar.» Er klang fast enttäuscht. Der Professor ließ Alexander sämtliche Beckenbodenmuskeln der Frau aufzählen und wollte wissen, welche Beinmuskeln beim Klettern und Leitersteigen besonders beansprucht würden. Schließlich nickte er ernst und wandte sich an Mira. Alexander hatte bestanden, es war überstanden.

«Nun, junge Frau, zeigen Sie mir doch mal den Schambeinnerv.» Die Stunde der Wahrheit. Vorsichtig lupfte Mira Alexanders Kunstwerk hervor und deutete darauf. Erst jetzt fiel ihr auf, daß sich der frisch transplantierte Nerv zum Körper hin verjüngte – Alexander hatte ihn falsch herum angeklebt.

«Aha.» Der Professor beugte seinen lichten Kopf hinunter in die Beckenhöhle der Leiche, als wolle er dort Innereien küssen. Oder fressen. «Schauen Sie noch einmal ganz genau.» Mira verstand nicht, was er wollte.

«Sehen Sie seinen Ursprung. Fällt Ihnen denn gar nichts auf?» Miras krause Stirn verriet, daß ihr nichts auffiel, das sie jetzt hätte sagen mögen. Alexander ballte die Hände in den Kitteltaschen zu Fäusten. Bitte, nicht aufgeben.

«Normalerweise zieht der Nerv ...» begann Mira zögernd.

«Normalerweise», unterbrach sie der Professor, «genau, normalerweise, aber hier haben wir es offensichtlich mit einer sehr seltenen anatomischen Variante zu tun, der Nerv verläuft seitlich des großen Gesäßmuskels. In der gesamten medizinischen Literatur seit Beginn der systematischen Analyse anatomischer Strukturen im achtzehnten Jahrhundert sind erst zwei solcher Fälle beschrieben worden. Ganze zwei!» Goldköpfchen kam in Fahrt, seine begeisterte Erregung war unschwer an seinen lebhaften Armbewegungen erkennbar.

«Und betrachten Sie einmal die Struktur des Nerven, was für ein Brocken. Daran wird die glückliche Besitzerin zu Lebzeiten ihr Vergnügen gehabt haben.» Er fing sich, kehrte zurück und sah Mira lüstern prüfend an.

«Für welchen bedeutenden zwischenmenschlichen Akt wird dieser Nerv benötigt, Frau Lubek?»

«Um zum Orgasmus zu kommen», antwortete Mira schnell, wie aus einem spontanen Impuls. Jetzt durfte sie ihm keine Pause gönnen.

«In der Geburtshilfe hingegen muß der Nerv häufig geblockt werden, weil er die besonders beanspruchte Scheidenwand versorgt», fügte sie eilig hinzu.

«Gut, kommen wir noch auf ein anderes Thema: welcher Muskel ist für die zwischenmenschliche Kommunikation der wichtigste?» Sag bloß nicht was mit Kehlkopf, das ist zu naheliegend, so würde er nie fragen. Mira dachte nach, nagte auf der eingezogenen Unterlippe. Alexander spitzte die Lippen und pfiff kurz und leise. Das brachte sie drauf.

«Der ringförmige Mundmuskel», antwortete Mira erleichtert.

«Ja. Und welchen speziellen zwischenmenschlichen Handlungen dient er?»

«Dem Pfeifen.» Nein, das ist ihr nur rausgerutscht. «Dem Essen.» O Gott, dachte Alexander, als er das Gesicht des Professors sah. Irgendwie steht sie auf der Leitung, dabei … Mira wurde rot. Denkt sie jetzt, was ich denke, daß sie denkt und will es nicht sagen.

«Das Küssen», strahlte Mira im letzten Moment. Und gleich wieder offensiv. «Wobei das Küssen den Mund eines anderen Menschen betreffen kann, oder andere Körperteile, abhängig von den sozio-kulturellen Normen der Gesellschaft …»

«Jajaja, aber Sie müssen jetzt nicht anzüglich werden.» Der Professor zupfte nervös an seinem Kittel, als suche er Flusen. Alexander wurde zum erstenmal bewußt, daß seine hübsche Freundin mit ihren kraftvoll wohlgeformten Beinen auch auf andere Männer anziehend wirken könnte. Und das noch mit Genuß.

«Wieso anzüglich, Herr Professor», sie hatte ihn und grinste liebreizend. «Ich meine zum Beispiel Bischöfe, die lassen sich am liebsten die Hand küssen oder der Papst, der küßt die Erde, weil er keinen anderen hat.» Das Gesicht des Professors drohte zu kippen. Dann wandte er sich noch einmal Alexanders Seite zu, untersuchte den Schambeinnerv.

«Merkwürdig, auf dieser Seite ist der Abgang normal.» O nein, jetzt hat er es, jetzt kommt alles raus, jetzt ist alles aus. Die Falten im Gesicht des Professors kämpften miteinander, ein Augenblick zwischen Überraschung, Enttäuschung und Zorn, am Schluß siegte die Fassade, wenn auch finster. Nur keinen Irrtum eingestehen, nur nicht zugeben, hereingelegt worden zu sein. Als der Professor lediglich knapp bekanntgab, daß Mira ebenfalls bestanden hatte und ohne ein weiteres Wort mitsamt seiner weißen Armee abrückte, war er zu ihrem Komplicen geworden. Aus Scham. Mira und Alexander sprangen sich in die Arme, lachten und küßten sich lautstark. Der Professor schickte den Vierschrötigen zurück, um die beiden zusammenzustauchen. Egal, sie hatten gewonnen.

Die letzte Anatomievorlesung ließen sie ausfallen. Arm in Arm schlenderten Mira und Alexander im Slalom um die glasverpackten, in Formalinlösung schwimmenden Ausstellungsobjekte im Flur des Instituts. Das stolze Glanzstück war eine vollständige, seitlich aufgeschnittene Schwangere, Fetus inklusive. Die Kulisse für einen blutigen und gewalttätigen Science-Fiction-Film.

«Laß uns ins geschichtsmedizinische Museum gehen», schlug Alexander vor. Das Museum lag im Nachbargebäude, eine grauenerregende wie kuriose Sammlung der medizinischen Irrtümer vieler Jahrhunderte. Die eiserne Lunge mit der Ausstrahlung eines stählernen Kindersargs war ebenso vertreten wie diverse Schneide- und Stichwerkzeuge für den Aderlaß, orthopädische Folterbänke zur Gliederstreckung reckten sich vor einem nervenärztlichen Eisbad. Das Museum war leer. Mira schleppte Alexander in die frauenärztliche Abteilung. Hier lockte allerlei Instrumentarium für Abtreibungen, die erste Zange und ein uralter gynäkologischer Stuhl aus abgewetztem Kalbsleder. Mira interessierte sich für eine Sammlung klobiger, metallisch-glänzender Kolben.

«Weißt du, was das ist?» fragte sie Alexander. Der schüttelte den Kopf. «Das sind alte Vibratoren, früher wurden die gegen Hysterie verordnet und selbst von Ärzten angewandt.» Alexander zog Mira vor einer aufsteigenden Dusche an sich, senkte die Lippen zu ihr herab und küßte sie tief.

«Ich bin schon wieder ganz scharf auf dich.» Mira lächelte.

«Liebst du mich?»

«Ja, ich liebe dich, ich habe dich zum Fressen gern.»

«Hast du so einen Hunger?»

«Auf dich immer – das weißt du doch.»

«Wirklich?» Mira gluckste schelmisch.

«Ja», sagte Alexander unschuldig.

«Beweis es mir!» Alexander zuckte mit den Achseln.

«Wenn du eine Idee hast wie ...» setzte er hinzu. Mira löste sich von ihm, packte den Rucksack, kletterte auf den gynäkologischen Stuhl, spreizte die Beine in die Ablagen, von denen die Befestigungsgurte herunterhingen, zog eine weiße Sprühdose aus dem Rucksack und ließ diesen sanft zu Boden gleiten.

«Was hast du vor?» fragte Alexander. Ihre fehlende Antwort wunderte ihn bei diesem Frauenrätsel kaum noch. Statt dessen klappte sie den Minirock auf den Bauch, langte an die Druckknöpfe ihres Seidenbodys, neben dessen zierlichem Stoff Kraushaar hervorlugte, löste gewandt den letzten Schleier, zog den Deckel der Sahnesprühdose ab, zielte zwischen ihre Beine und ließ sich im Zeitraffer eine gewaltige, weißschäumende Schamfrisur wachsen.

«Komm», forderte sie, «loß, freß mich auf.»

«Aber wenn einer reinkommt . . .»

«Vergiß es. Die sind alle in der Vorlesung. Jetzt mach schon, oder soll ich hier ewig so hocken bleiben?» Alexander starrte in den Schnee. Dann ließ er sich wie magisch anziehen, stapfte zwischen Miras weit offene Beine und tauchte den Mund in den süßen Schaum. Köstlich wie Kuchen, darunter tastete seine Zunge über das haarige Feld, schleckte die Lippen vom Schenkel kommend frei, schlürfte auf dem Damm, leckte den kraftvollen kleinen Krater kahl, wandte sich nach oben an den kirschgroßen Höhlenzwerg, den Lustknopf, lutschte daran, neckte und naschte am Lustkopf, glitt hinab, kostete die schneckenglatten, muschelweichen Lippen, ließ die Zungenspitze sanft dazwischenfahren und drang vor, ins Allerheiligste, den warmen Gral. In seiner Hose pochte es wild, rieb und klopfte an dem sperrigen Stoff, ihre vollen milchkaffeebraunen Oberschenkel streichelten seine Wangen, erschauernde Wellen wanderten über ihr Fleisch, warme Haut, die Haut ist das größte Organ des Menschen, ihr offenes Becken wölbte sich, warf sich ihm entgegen, warf sich ihm in den Rachen, wiegte sich in wildem Samba, sie seufzte, packte ihn an den Haaren, kratzte die Nägel in seine Kopfhaut, die Hautsinnesorgane vermitteln die Sinnesqualitäten Berührungsempfindung, Temperaturerfassung und Schmerzwahrnehmung, ihre Krallen lenkten seinen Kopf, den Druck seiner Lippen, das neugierige Rühren seiner zappeligen Zunge, er schmeckte die Süße der Sahne, durchzogen vom heißblütigen, metallisch bitteren Aroma ihres Safts, die Geschmacksknospen der Zunge unterscheiden lediglich die Geschmacksqualitäten Süß, Sauer, Salzig und Bitter, von allem etwas, in dieser rosigen Grotte, die sich über seine Zungenspitze stülpte, immer atemloser, fester, höher, wirbelte sich hinauf, ihr Becken zitterte und wand sich wie ein gefangenes Wild, bis sie mit einem letzten Aufbäumen schier platzte. Sein Rücken glühte, fast so heiß wie seine Hose, heiß und naß. Er hatte sich noch nicht einmal angefaßt.

5 Das Rechtsmedizinische Institut ragte wie der zu Beton geronnene Alptraum einer Trutzburg aus dem lieblos wuchernden Grün. Wer wird schon Gerichtsmediziner? Der Arzt fühlt sich berufen, Kranken und Sterbenden zu helfen; der Rechtsmediziner kommt zu spät, er kann nur traurige Bilanz ziehen, Blutergüsse messen, Totenscheine nachzählen, Haare für Drogentests spalten, die Faulgasblasen grüner Wasserleichen anstechen und im Verwesungsstaub Gift fördern. Wer macht so etwas freiwillig. Alexander und Mira saßen in der letzten Reihe des Hörsaals.

«Nun, meine Damen und Herren die Rechtsmedizin ist die am meisten unterschätzte medizinische Disziplin. Viele Tötungsdelikte könnten ohne rechtsmedizinische Gutachten nie aufgeklärt werden.»

«Die sind auch alle gleich», raunte Mira ihm zu und

deutete auf den Rechtsmediziner. «Der kleine Herrgott persönlich.»

«Die Rechtsmedizin stellt eine der interessantesten medizinischen Tätigkeiten überhaupt dar, denn sie erfordert den detektivischen Spürsinn eines Sherlock Holmes, verbunden mit der mechanischen Präzision eines Uhrmachers.»

«Blablabla», gähnte Alexander.

«Wie wichtig das Fach Rechtsmedizin für Sie als heranwachsende Ärztegeneration ist, läßt sich für uns daran bemessen, wie viele der von Kollegen ausgestellten Totenscheine schlicht falsch sind.»

«Wieso, sind die Toten gar nicht tot», raunte Alexander ihr zu. «Das erinnert mich an Edgar Allen Poe. Da sind die Toten auch nicht wirklich tot und die Totenscheine falsch.»

«Die Verbindung von Medizin und Jura ist eine schwierige, explosive Mischung, wie jeder niedergelassene Kollege weiß, der schon einmal Juristen behandelt hat.»

«Ich wüßte jetzt was Besseres, als mir den todlangweiligen Quatsch anzuhören», flüsterte Alexander. «Sollen wir gehen, für eine … eigene Spezialbehandlung?»

«Nee, gleich ist noch Praktikum, da gibt's vielleicht einen Verbrannten, ganz kroß als Schmorbraten oder eine leckere spinatgrüne Wasserleiche. Solche Appetizer will ich mir keinesfalls entgehen lassen.»

«… Die Schwierigkeit juristischer Probleme können Sie sich anhand eines Selbsttötungsversuchs durch Ertränken vor Augen halten …»

«Ich studiere Medizin doch nicht, um an Toten rumzumachen, ich will mit Kranken arbeiten, ihnen helfen.»

«Wenn der Selbsttötungswillige in das Wasser springt, dürfen Sie ihn nicht aufhalten, das wäre Körperverletzung.»

«Aber der Tod gehört dazu.» Mira hatte den Oberkörper auf die Schreibunterlage gestützt und schien in den flüssigen Vortrag versunken.

«Sobald er untergetaucht ist, muß juristisch an eine mögliche Meinungsänderung gedacht werden und Sie sind zu entsprechenden Rettungsmaßnahmen verpflichtet.»

«Die machen nichts anderes als Leichen zu bearbeiten, irgendwie ist das doch pervers, oder ...» wandte sich Alexander an Mira.

«Taucht er dann auf und sagt, Sie sollten ihn loslassen, dann müssen Sie seiner Aufforderung Folge leisten, aber nur bis er sich wieder unter Wasser befindet und seine Meinung geändert haben könnte.»

«Sei doch mal still.»

«Dann müssen Sie ihn wieder retten, es sei denn, er fordert Sie erneut eindeutig auf, davon abzusehen. Das ganze Spiel muß so lange wiederholt werden, bis einer der beiden Beteiligten seine dem Kontrahenten entgegengesetzten Bemühungen einstellt.» Wie der Jurist und der Arzt. Ein langer Kampf.

Der praktische Teil begann. Die Studenten streiften ihre Kittel über und erhielten dünne Folienhandschuhe. Wie die Pilger auf dem Weg zu den Reliquien folgten sie dem Rechtsmediziner, einen kurzen, stämmigen Mann mit breitem Gesicht und kurzgeschorenem schwarzem Haar. Würdevoll führte er sie in den nur notdürftig erleuchteten Saal. Vor dem Sektionstisch baute er sich auf, die Gesichtsleinwand von wollüstigem Breitwandgrinsen überzogen. Wie ein Zauberer bei der Denkmalsenthüllung grabschte er das weiße Leinentuch, eine Kunstpause. «Kommen Sie ruhig näher, meine Damen, das werden Sie nicht oft zu sehen bekommen» – und mit einem theatralischen Ruck zog er den Stoff weg. Die erschrocken, versehentlich ausgestoßenen hohen, spitzen Schreie verrieten, daß er sein Ziel erreicht hatte und einige Studentinnen betroffen waren. Mira stand ganz vorne, konnte die Leiche mit der Hand erreichen, Alexander direkt hinter ihr, die Hände unter seinem Kittel verborgen auf ihre Hüften gelegt. Der Rechtsmediziner strahlte feist wie zufrieden.

«Wie ich Ihnen versprochen habe, ein seltenes Phänomen. Betrachten Sie die Leiche genau und sagen Sie mir, woran der Mann verstorben ist. Sie dürfen ihn auch anfassen», dabei blickte er mit brünstiger Begierde über die Studentinnen, «aber brechen Sie nichts ab.» Er lachte. Natürlich sagte keiner was. Wie immer. Medizinstudenten melden sich grundsätzlich nicht freiwillig, sie exponieren sich nicht, keiner will sich blamieren. Außer den Strebern, denen ist es egal oder sie bemerken es nicht. Hier fand sich kein Streber, die Mauer des Schweigens stand. Wie dieses Ding. Von einem Toten.

«Also gut, dann sagen Sie mir bitte mal, was Ihnen an der Leiche auffällt», sagte der Rechtsmediziner und zeigte auf Mira. Die lachte, hielt sich dann die Hand vor den Mund, riß sich zusammen und sagte: «Am Hals, diese Striemen, das deutet auf Erwürgen oder Erhängen.»

«Richtig, es sind Strangulationsmerkmale erkennbar. Wie Sie wissen sollten, legt sich beim Erhängen der Zungengrund gegen die hintere Rachenwand und unterbindet so die Luftzufuhr, in seltenen Fällen bricht auch der Atlasknochen und bohrt sich in das Stammhirn; charakteristisch für das Erdrosseln ist nicht, wie oft fälschlicherweise vermutet wird, der Verschluß der Luftröhre, sondern das Abklemmen der Halsschlagadern, mit der Folge eines Sauerstoffmangels im Gehirn.» Dabei legte er seine schweren Hände um Miras Hals und demonstrierte optimales Würgen.

«Beim Erwürgungstod dagegen preßt die würgende Hand den Kehlkopf seitlich zusammen oder gegen die Wirbelsäule, hierdurch werden die Luftwege verengt oder sogar verschlossen, die durch die Gefäßkompression verursachte Drosselung der Blutzufuhr zum Gehirn spielt nur eine untergeordnete Rolle. Wissen Sie, wie man eine Selbsttötung durch

Erhängen von einer Tat mit Fremdeinwirkung unterscheidet?» Mira zuckte die Achseln, ihre Schultern berührten die Hände des Rechtsmediziners, die er etwas gelockert hatte.

«Weiß es jemand anderes?» Eine überflüssige Frage, deshalb wartete er nicht lange. «Bei Fremdeinwirkung, die zumeist mit Abwehrversuchen des Opfers einhergehen, wird der Druck auf die Halsschlagadern häufig unterbrochen. Dadurch kann wieder Blut zum Kopf fließen, was zu Stauungszeichen wie einer blauroten Gesichtsverfärbung und zu kleinsten Einblutungen in der Bindehaut des Augenlids führt.» Mira mußte die Lider zurückklappen, keine violetten Punkte, wie man sie aus Abbildungen im Lehrbuch kannte.

«Genau. Jetzt stellt sich uns nur noch die Frage, wie ist es dazu gekommen. Mancher unserer jungen Kollegen hier mag da vielleicht neidisch werden.» Dabei zeigte er auf die standhafte Männlichkeit der Leiche. Der Mann mochte Mitte Vierzig sein, graue Streifen im Bart. Die Leiche war nicht rasiert, was sie noch lebensechter, unheimlicher erscheinen ließ.

«Erektionen sollen beim Erhängen vorkommen», sagte Mira. «Manchmal soll ihnen sogar noch … einer abgehen.»

«Sie sprechen offenbar von dem Samenerguß, das stimmt. Aber es gibt noch mehr: der Sauerstoffmangel im Gehirn kann luststeigernd wirken, weshalb Strangulationen eine nicht selten angewandte Technik der Selbst- oder Fremdstimulation darstellt.» Mira ließ sanft ihr Becken in Alexanders Händen kreisen und schmiegte ihren Hintern an seinen Kittel.

«Nun kann es aber passieren, daß die Strangulation zu lange anhält, es kommt zu einem autoerotischen Unfall und der unglückliche Liebhaber exquisiter sexueller Spielarten landet nach seinem Coitus interruptus in unserem Keller, das Kabel noch um den Hals.» Mira rieb sich an ihm, sprach sachlich.

«Ist die Leichenstarre schon während der Erektion eingetreten?» fragte sie.

«Ja, vieles spricht dafür.» Mira fuhr mit ihrer Folienhand über das kalt erstarrte Glied und umkreiste geistesabwesend den Eichelrand.

«Es gibt noch etwas. Werfen Sie einen Blick auf das linke Handgelenk.» Zwei ausgeblichene Narben zogen quer über das innere Handgelenk.

«Da hat er sich die Pulsadern aufschneiden wollen. Danach hätte man noch etwas tun können. Ein Psychiater hätte ihn behandeln müssen. Beim zweiten Versuch war er gründlicher.» Die Studenten blickten betreten zu Boden. Alexander legte seine Hände auf Miras Bauch und schmiegte sich an ihren Rücken. Das Tuch fiel wie ein Vorhang und sie durften gehen.

Miras voller Rucksack ließ ihn nicht mehr los.

«Was hast du vor?» wollte Alexander wissen. «Willst du hier vielleicht übernachten?»

«Unter verbotenem heterosexuellem Verkehr verstehen wir einen Vollzug des Beischlafs mit ...» Mira lachte.

«Ja. Ob du es glaubst oder nicht, genau das habe ich vor.»

«... Körperlich Widerstandsunfähigen, durch tiefgreifende Bewußtseinsstörungen eingeschränkte Personen, Schwachsinnigen ...»

«Wieso? Etwa wegen der Leiche mit dem Ständer?» Mira nickte, Alexander schüttelte entsetzt den Kopf.

«Du mußt wahnsinnig sein.»

«... Dadurch mißbraucht, daß er unter Ausnutzung der Widerstandsunfähigkeit ...»

«Wußtest du, daß Voodoo-Priester der Meinung sind, durch Sex mit einem Toten könne man einen Zombie erwekken, der einem treu ergeben ist?»

«Quatsch. Wo hast du denn den Unsinn her?»

«Aus dem Totenbuch der Hawaiianer. Die sind ziemlich clever. Weil sie farbig sind, wurden sie von den Weißen unterdrückt und mußten sich im Verborgenen zur Wehr setzen.»

«... Außereheliche sexuelle Handlungen an ihm vornimmt oder an sich von dem Opfer vornehmen läßt.»

«Sex mit einem Toten, also irgendwo hört aber alles auf.»

«Das wird sicher spannend, kannst ja auch bleiben und zuschauen, das fände ich besonders geil.»

«Ich will nicht, daß du so was Bescheuertes machst.»

«Jetzt hör mir mal zu: erstens ist es nichts Bescheuertes, sondern – sieh es einfach als eine Art Experiment an; und zweitens hast du mir nicht zu sagen, was ich tun soll und was nicht. Daran ist schon mein Vater gescheitert, keiner hat mir zu sagen, was ich tun oder lassen soll, auch und erst recht kein Mann.»

«Die Widerstandsunfähigkeit kann hier auf körperlichen und psychischen Störungen beruhen. Vorsatz ist erforderlich, wobei bedingter Vorsatz genügt.»

Mira ging in den Keller, um sich im Institut einschließen zu lassen. Jeden Nachmittag machte der Hausmeister seinen Rundgang, wenn die Professoren und ihre Assistenten bereits auf dem Weg nach Hause waren. Von dem mürrischen Graukittel wollte sie sich nicht erwischen lassen. «Also?» Seufzend folgte Alexander. Neugierig war er trotzdem. Lautlos schlichen sie in die fensterlose Kachelgruft. Fachmännisch, als arbeite sie hier schon seit Jahren, schob Mira zwei der rollbaren Sektionstische neben den ruhenden Sartyr, schwang sich auf einen Tisch, warf Alexander ein weißes Tuch zu und deckte sich selbst mit einem weiteren zu. Unheimlich echt, wie sie dalag, verborgen und bewegungslos unter dem Stoff. Auf dem Flur schlurften schwerfällige Schritte: der Hausmeister. Eilig legte sich Alexander auf den freien Tisch und schwang das weiße Tuch über seinen langen Körper, der kaum auf den Sektionstisch paßte. Die Tür wurde geöffnet, wieder klapperten einige müde Schritte. Alexander stockte der Atem. So mußte er als Toter wenigstens noch wirklicher wirken. Nach einem nervenzerfetzenden Moment – wird er die Tücher wegreißen, um sich die neuen Leichen anzusehen – hörte er das erlösende Klacken des Lichtschalters, das Geräusch der zufallenden Tür und hinter dem Stoff wurde es pechschwarze Nacht. Einige technische Geräusche, herunterfahren, abschalten, zusperren. Stille. Sie setzten sich auf, warfen die Leichentücher zur Seite und tasteten sich rechts haltend an der Wand bis zum Schalter. Licht, plötzlich und grell. Die trägen Pupillen ließen sie in einer Schweigeminute verharren. Als erste erwachte Mira aus der Starre und wandte sich ihrem Objekt der Begierde zu. Aufgebahrt wie Lenin lag er da, verhüllt von Christo. Mira zog das Tuch zur Seite. Unverändert starr ruhte der nackte, bärtige Satyr, allzeit bereit. Mira nahm den Rucksack aus dem Stahlschrank. Alexander beobachtete sie befremdet, wie mißtrauisch. Oder eifersüchtig. Mira lachte auf. *I'm just a jealous guy*, eifersüchtig auf eine Leiche. Weil der länger kann, in alle Ewigkeit, Amen. Alexander blickte sie an, als habe er gerade einen Essigcocktail auf ex geleert. Sie mußte wieder lachen. Was für eine Situation. Sie packte eine Wärmedecke, einen Fön und eine Verlängerungsschnur aus, steckte sie ein und startete die Geräte. Die Wärmedecke drapierte sie wie einen Rock für den Toten, mit dem Fön bearbeitete sie sein bestes Stück.

«Was soll denn das?» Offenbar hatte Alexander seine Sprache wiedergefunden.

«Was denkst du, wie kalt der ist. Und dann noch hier im abgekühlten Raum. Ich will mich doch nicht erkälten.»

«Du willst es wirklich machen?» Mehr eine überraschte Feststellung als eine Frage. Mira fönte weiter.

«Du ... du ... du mußt verrückt sein! Hilfe, ich bin mit einer Verrückten zusammen!»

«Ja, wenn du es so nennen willst, und? Bisher hat es dir immer noch gefallen.»

«Bisher hast du auch mit *mir* gevögelt und ich bin lebendig und nicht irgendein Fremder, der sich vor Depressionen aufgehängt hat und jetzt als trauriger Kellerständer den Kühlraum des rechtsmedizinischen Instituts schmückt.»

«Bist du eifersüchtig?»

«Eifersüchtig? Auf einen Toten? Das wird ja immer besser.» Mira fühlte die Gliedtemperatur der Leiche, schaltete den Fön ab und kramte einen Joint hervor.

«Wir sollten uns etwas entspannen.» Sie hielt den Joint in den Fön und ließ mit einem Knopfdruck die Eisenfäden wieder glühen. Zufrieden zog sie am Joint. Alexander glotzte sie an wie die geopferte Jungfrau den Drachen. Mira zog noch einmal und reichte ihm den Joint. Alexander schüttelte den Kopf.

«Probier mal, einmal wenigstens. Ist echt gutes Zeug, macht mehr stoned als high. Das spürst du im ganzen Körper. Zieh, Fremder!» Zögernd zog Alexander, dann noch einmal, kräftiger und hielt die Luft an. Er reichte den Joint an Mira zurück. Dann blickte er starr, kegelte die Pupillen unter die offenen Lider, und sein langer Leib sackte zusammen.

«O Scheiße.» Mira stolperte zu ihm, hielt den käsigglänzenden Kopf.

«Das kann halt passieren, beim ersten Mal.»

Mira lachte, sie lachte das alberne, grundlose Kifferlachen, als Alexander wieder zu sich kam. Lange konnte es nicht gewesen sein, denn der süß-würzige Stummel glomm noch in ihrer Hand, als er die Augen aufschlug. Mira strich ihm die schweißglänzenden Haare aus dem Gesicht, küßte ihn auf den Mund. Sie schmeckte bitter, nach Rauch. Mira drückte die Kippe aus und warf sie ins Waschbecken, dabei fuhr sie mit der Hand unter sein Hemd und streichelte seine Brust. Sie schob sich auf ihn, ihre Brüste raubten ihm den Atem. Thermisches Kontrastprogramm, oben wärmte ihn die heiße Frau, von unten schlich die Eiseskälte des Kachelbodens in seinen Körper. Sie spürte sein Unbehagen und ließ von ihm ab. Immer noch schwindlig, richtete er sich vorsichtig auf, kreuzte die Beine und lehnte sich an die Wand. Mira stieg aus ihrer Hose, ließ ihren Slip fallen und kletterte auf den Sektionstisch. Sie prüfte noch einmal die Temperatur des in Todesstarre ewig erhobenen Stachels, der aus der Wärmedecke ragte wie ein einsamer Kaktus in der Wüste, kleidete ihn in eine dünne Gummihaut und schwang sich darauf. Die Lider geschlossen wiegte sie sich sanft in ihrem leblosen Sattel, begann im Schritt, die Schenkel gespannt, steigerte zum Trab und trieb voran, raste zuletzt im wilden Galopp dem Höhepunkt hinterher. Die Finger der rechten Hand hatte sie angefeuchtet und rieb an ihrer Knospe. Mira stöhnte.

Mira, seine Mira, im kalten Licht der Röhren durchpflügte sie endlose Länder, ritt mit dem Toten weit weit weg, wie in ein fernes Reich. Sie hoppelte und arbeitete sich ab, als wolle sie den unbeweglich unbeteiligten Körper unter ihr zurück ins Leben zwingen, ihm Gewalt antun, damit das Wasser des Lebens, das ihr zwischen den Beinen herunterrann, ihn wieder bewegen ließ; damit der Funke der Lust überspringe, er, der Eisige, Feuer fange, in Flammen stehe und die Leidenschaft turmhoch lodere, wie ein Scheiterhaufen aus Liebe. Mira schien Alexander nicht mehr wahrzunehmen, so versank sie in einem wüsten Taumel, wo sich wilde Begierde mit einer bösen Wollust am Verbotenen vereinigte; gerade das Wissen, etwas Unerhörtes zu tun, etwas Abartiges, mit dem klammen Tod selbst zu tanzen, das allerletzte, wirkliche Tabu zu brechen steigerte ihre Erregung, sie jagte weiter, immer weiter, tiefer hinein und hinauf, schraubte dem eigenen kleinen Tod entgegen – bis sie ein trockenes Knacken, der Klang geborstenen Holzes innehalten ließ. Der Pfahl in ihrem kochenden Fleisch bot keinen Widerstand mehr. Sie griff nach seiner Wurzel, lose, wie gefällt hing er in ihr, nur noch gehalten von schmalen Hautstreifen. Miras übermütig überschwappende Gelüste, das Grauen der streng funktionalen Kellergruft, ihr Wissen um den Abscheu, den ihr Tun bei den Ängstlichen, den Angepaßten, eben unter der Mehrheit ihrer ungeliebten Kommilitonen auslösen würde, die absurde Würde, mit der der Entschlafene die Tatsache quittierte, daß er gerade unsanft geweckt und seines besten Teils beraubt worden war, und Alexanders bleiches Gesicht, auf dem die Szene in ungläubigem Staunen widergespiegelt schien – all das verschmolz und brach aus ihr heraus als ein hysterisches Lachen, so laut, so dröhnend, so mark- und beinerschütternd, so böse befreiend, daß es von den glattgekachelten Wänden zurückschlug, die medizinische Grabkammer aufschreckte und in seinen Ohren dröhnte.

Heulen und Zähneklappern wird in der Hölle herrschen – von wegen, so lachen sie dort, so und nicht anders, und dieses Lachen ist um so vieles schreckenerregender als es jedes Heulen sein könnte, dachte Alexander. Wer um so zu lachen in diesen Keller geht, hat vor nichts mehr Angst. Wer ist diese Frau, in die er sich selbst schon so oft so schön hatte fallen lassen. Selbst vor dem Tod hat der Teufel gut lachen.

«So etwas ist in diesem Institut noch nicht vorgekommen, ein Skandal.» Der Rechtsmediziner redete sich in Rage, vor Empörung fehlten ihm die Worte. Mira und Alexander hatten sich wieder in die letzte Reihe verkrochen, inzwischen ihr Stammplatz.

«Letzte Nacht wurde die Leiche des Erhängten, der Ihnen demonstriert wurde, offenbar mißbraucht und beschädigt.» Bei dem Wort «beschädigt» mußte Mira grinsen. Sie beobachtete die anderen Studenten. Ihre Gesichter spiegelten die Empörung des Rechtsmediziners wider, aber nur so viel, wie sie für nötig hielten, um ihren Teilnahmeschein möglichst schnell zu erhalten. Wahrscheinlich kapierten die sowieso nichts.

«Stellen Sie sich vor: heute morgen war der dauererregierte Penis des Toten abgebrochen, jawohl, abgebrochen und entwendet. Die Leiche wies eindeutige Gebrauchsspuren auf. Jemand hat sich an ihr vergangen.» Das Desinteresse einiger ihrer Mitstudentinnen verfärbte sich in Ekel, sie gafften den Professor ungläubig an und schluckten mühevoll, als wollten sie ihre letzte Mahlzeit wiederkäuen. Der Rechtsmediziner genoß das Unbehagen, das die Einleitung seines Vortrags im Publikum auslöste.

«Sicher fällt es Ihnen schwer, sich so etwas vorzustellen, aber alle Indizien deuten darauf hin, daß im Leichenkeller eingebrochen wurde, eine unbekannte Person mit dem Toten verkehrt hat und – als sei das noch nicht genug – sein Geschlechtsteil gestohlen hat.»

«Was willst du bloß damit», raunte Alexander in Miras Ohr.

«Eine Totenmaske.»

«Eine Totenmaske? Wie meinst du das?»

Der Professor wandte sich direkt an seine Zuhörerschaft. «Wie nennt man die Perversion, bei der die Triebenergie auf Tote verschoben wird?»

«Nekrophilie», rief ein Eifriger aus der ersten Reihe.

«Na ja, früher wurden häufig Totenmasken von wichtigen und berühmten Leuten gemacht. Totenmasken von Gesichtern. Zur Abwechslung mache ich mal eine von einem Geschlechtsteil. Ist bei diesem Toten doch viel interessanter.» Zum Glück konnte der Rechtsmediziner Miras Erklärung nicht hören.

«Sollte sich der sexuell abartige, der kranke Triebtäter

unter Ihnen befinden, so empfehle ich ihm, sich möglichst schnell zu stellen.» Der Rechtsmediziner ließ eine Kunstpause folgen, wartete auf eine Reaktion und wanderte mit dem Blick über die stumpfen Studentenköpfe. Keine Reaktion.

«Wie Sie wissen, haben wir sehr präzise Analysemethoden, mit denen wir den Täter überführen können ...» Der eifrige Student aus der ersten Reihe meldete sich.

«Wieso sprechen Sie dauernd von einem Täter, es könnte doch auch eine Frau gewesen sein.»

Der Rechtsmediziner lachte fachmännisch.

«Theoretisch schon, da haben Sie recht. Aber praktisch kommt Nekrophilie nahezu ausschließlich bei Männern vor. In diesem Fall wurde außerdem das Glied gewaltsam abgetrennt und entwendet. Dieses Faktum entlarvt die Fixierung des Täters auf das primäre männliche Geschlechtsorgan, wie es für Homosexuelle typisch ist.» Noch einmal beobachtete er sehr aufmerksam seine Zuhörerschaft, während er weitersprach.

«Daher können wir feststellen, daß es sich bei dem Täter mit an Sicherheit grenzender Wahrscheinlichkeit um einen Mann mit homosexueller Orientierung handelt.» Alexander schüttelte den Kopf. Mira knuffte ihm mit dem Ellbogen in die Rippen und kicherte.

«Und glauben Sie mir, meine Damen und Herren, die Rechtsmedizin ist die am meisten unterschätzte medizinische Spezialdisziplin – in keinem anderen Fachgebiet werden so präzise Analysen, messerscharfe Logik und ein derart detektivischer Spürsinn benötigt und nirgendwo sonst liegt daher die Aufklärungsquote ähnlich hoch wie in der Rechtsmedizin.»

Mira bereitete die Gipsbinden vor. Dann nahm sie den Gefrierbeutel mit dem toten Glied aus der Tiefkühltruhe, packte es aus und schmierte es fett mit Vaseline ein, bis das eiskalte Stück glänzte wie ein frisch poliertes Skalpell. Sie wischte und cremte. Mit leidenschaftlicher Hingabe, eine Meisterin, wie sie ihn bearbeitete. Da bliebe kein Wunsch offen, wenn es der unglückliche Besitzer noch trüge, er noch lebte und genösse, wie er sein Fett abbekam, sie ihm mit dem Fett einen runterholte. Dann tauchte sie die Gipsbinden ins Wasser und legte eine nach der andern auf das Beutestück, achtete auf eine saubere Trennlinie und patschte Wasser darüber, bis der schlanke Penis unter den nassen Lagen zu einem unförmigen grauen Haufen gewachsen war.

«Hattest du das geplant?» Alexander beobachtete sie über den Rand des *Handbuchs der Sexualität,* in dem er blätterte.

«Nein, das war eine spontane Idee. Ich meine, er war ja schon fast ab, er ist mir sozusagen in den Schoß gefallen. Nur noch ein kurzer Ruck ...» Sie hielt das Brett mit der Gipsmasse in die Höhe.

«Und am dritten Tage betrachtete sie ihr Werk und sah, daß es gut war.»

«Mit der Kirche hast du es auch nicht sonderlich, was?»

«Nein», antwortete Mira. «Dazu könnte ich dir viel erzählen, aber es reicht schon, daß es eine durch und durch sexistische Organisation ist. Obwohl die Chefs wie die letzten Tunten in Frauenkleidern rumspringen, dürfen Frauen dort nichts werden außer verdammten Sünderinnen und rechtlosen Dienerinnen für Gotteslohn und Gott selbst soll ein alter Mann sein. Ein unglaublicher Schwachsinn, nur um das Volk gefügig zu halten, ein faschistoider Machtapparat. Wenn es einen wie diesen Jesus jemals gegeben haben sollte, dann wäre der heute niemals in der Kirche; bei seinen Idealen würde er eher in einer basisdemokratischen sozialistischen Gruppe mitdiskutieren.»

«Genosse Jesus, Sie haben Ihr österliches Plansoll an Wunderheilungen erst zu dreißig Prozent erfüllt», feixte Alexander.

«Ja, ich weiß, du bist gegen den Sozialismus.»

«Ich kenne ihn eben. Immerhin habe ich die ersten sieben Jahre meines Lebens dort verbracht, bis wir endlich ausreisen konnten.»

«Du warst doch viel zu jung, um das beurteilen zu können.»

«Mag sein, aber meine Eltern waren nicht zu jung, meine Großeltern auch nicht. Niemand, den ich kannte, fand den Sozialismus gut. Niemand, außer den Apparatschiks.»

«Du nervst.»

«Weil ich die Wahrheit sage.»

«Du redest schon wie diese kapitalistischen Pfeffersäcke, die sich an der Unterdrückung von Arbeitern und Frauen bereichern.» Alexander legte das Buch zur Seite, stand auf, trat hinter sie und griff mit beiden Händen nach ihren Brüsten. Ein Wunder, wie diese reizenden Halbkugeln fest und weich zugleich, seinen Körper immer wieder in Aufruhr versetzen konnten.

«Ich möchte dich auch mal wieder unterdrücken», sagte er und begann ihren Bauch hinunter zu streicheln. Mira hob abweisend ihre gipsweißen Hände.

«Das ist nicht witzig», sagte sie. «Laß das!»

«War er so viel besser als ich?» fragte Alexander und deutete auf den Gipshaufen, der in wachsenden hellen Flekken trocknete.

«Blödmann, du verstehst auch gar nichts.»

«Und wieso haben wir es dann seitdem nicht mehr gemacht?» Alexanders Hände umgingen ihr Dreieck und kraulten die Innenseiten ihrer Oberschenkel.

«Du könntest dich auch mal mehr um mich bemühen», sagte Mira.

«Glaubst du, ich mach das hier zu meinem Vergnügen?» Mira drehte sich um, Wut, vermischt mit leidenschaftlicher Lust loderte in ihren Augen, als sie mit vollen Händen in die Schüssel griff, eine Ladung weißen Schlamms herausbeförderte und in Alexanders Gesicht klatschte. Der wehrte sich, in dem er mit Gipsstaub warf, und wenige Sekunden später rollten beide ineinander verschlungen über den Fußboden, Gesichter und Kleidung weißverschmiert. Alexander hatte die kräftigen Arme um sie geschlungen und preßte ihren Brustkorb zusammen. Mira hustete; der Staub hatte ihre Brille bedeckt und sie konnte Alexander nur schemenhaft erkennen. Sie wehrte sich hartnäckig. Sein eiserner Griff schnürte ihr die Luft ab, er spürte, wie sie sich wand, sich aufbäumte, ihre ganze Kraft mobilisierte. Alexander genoß ein neues Gefühl, die Macht über diesen weichen, kämpfenden Körper, zerbrechlich wie ein junges, verletztes Tier, das er in der Hand hatte, dem er weh tun konnte.

Bevor sie in die Badewanne stiegen, zog Mira das tote Glied aus der neuen Form, eine Scheide aus Gips, das perfekte Negativ des besten Stücks. Mit dem Finger fuhr sie über die glatte Oberfläche, befühlte die Ausbuchtung für die Eichel, den Abdruck der Adern.

Alexander saß schon im Wasser. Sie ließ Rock, Strumpfhose, Slip und Pulli fallen und glitt in die Badewanne. Alexander bespritzte sie mit Schaum. Daraufhin erhob sie sich, drehte sich um, und ließ sich mit dem Hintern auf seinen Schoß fallen. Alexander stieß einen kurzen Schmerzensschrei aus, als sie auf seinem Stengel landete und ihn zur Seite bog. Die Auferstehung des Fleisches. Alexander packte sie an den Hüften, hob sie an und zielte mit seiner Latte in ihre Spalte. Sie wich ihm aus und lachte.

«Du sollst es nicht mit der Brechstange versuchen.»

«Er steht aber und will dich, will wieder rein in dich.» Rein in den Garten Eden, zurück ins Paradies, zurück nach Hause, dahin, wo alles Leben herkommt.

«Einen Moment», sagte Mira, «heute möchte ich was ausprobieren, es soll ganz lange dauern.»

«Was du willst, aber jetzt muß ich dich haben. Ich brauche dich.» Mira hielt ihm einen schwarzen Ring hin, rund wie ein Fünf-Mark-Stück. Er nahm den Ring. Fest, aber flexibel: Gummi.

«Was ist denn das?»

«Ein Cockring. Den kannst du drüberschieben und dann steht er noch viel länger.»

«Wo hast du denn den her?» Alexander beäugte den Gummiring von allen Seiten, drückte ihn zusammen und steckte zwei Finger durch.

«Von meinem Bruder.»

«Von dem Schwulen?»

«Ja. Sie wissen über die Lust verdammt gut Bescheid, die Schwulen. Da kannst sogar du noch etwas lernen.» Alexander verstand immer noch nicht, was er tun sollte.

«Der Ring verhindert, daß das Blut abfließen kann, deshalb steht er länger.» Nach einem langen Blick in Alexanders azurfarbene Augen setzte sie hinzu: «Ich zeig's dir.» Mira griff zielsicher in den Schaum, packte ihn am Schaft, massierte vielversprechend und rollte dann den Ring darüber. Vorsichtig zog sie den weichen Hautsack mit seinen Murmeln durch den Ring. So keck und hart, so voll und heiß war er noch nie gewesen, auch ohne Ring.

«Ich will, daß wir unbeweglich sitzen bleiben, wenn du in mir drin bist.»

«Ohne ... Höhepunkt?»

«Jedenfalls nicht gleich. Ich will mehr, und wir spüren mehr, wenn wir es rauszögern.» Alexander packte sie noch einmal an den Hüften und zog die weichen Backen sanft auf seinen Schoß. Sachte wie ein ankoppelndes Raumschiff glitt sie auf ihn, er schwamm in den brennenden Hafen, rutschte in Zeitlupe tiefer in die abgründige Spalte, bis sie ihn fest umschloß. Drinnen bebte und brodelte es, zum Platzen gespannt. Mira drückte ihn fest, wie mit der Hand, ihre Beckenbodenmuskeln griffen zu, molken ihn, ohne daß sich ihr Körper auch nur einen Millimeter bewegt hätte. Er spürte, wie sich Saft sammelte, wie er kurz davor stand loszusprudeln, als sie unversehens ihren Griff lockerte.

«Entspann dich», flüsterte sie, legte seine Hände um ihre Brüste und begann seine Beine zu massieren.

«Laß einfach ganz los.»

«Ich kann nicht … ich muß …»

«Bitte, warte, es wird noch besser.» Alles Gefühl strömte in seiner Spitze zusammen, alles Spüren, alles Wollen, alle Lust, konzentriert in der Tiefe mit dem Willen nach mehr, die Spannung so stark, daß sie umzukippen scheint, in Schmerz verwandelt, wie eine aufgerissene Wunde, die nach Erleichterung fiebert, so tröpfelte, nein strömte, nein spritzten glühende Funken aus der unendlichen Tiefe nach oben, in sein Rückenmark, umfloss die Beine, die Arme und Schultern, schwappte bis unter seine Schädeldecke, und selbst die schien aufgeschmolzen. In der Stille des Wassers flossen sie ineinander, aufgelöst, verflüssigte, heiß lodernde Energieflammen, die sich einander einverleibten, sich aufsogen, zu eins wurden, wie das Paar auf Miras Tuch, kein Fleisch, ein kochendes Blut, ein Urmeer, die Evolution zurückgespult, zurück nach Hause, zurück in die Heimat des Lebens, wo die Zeit an Steinen gemessen wird, unendlich in die Länge gedehnt, der Augenblick, wenn sich das Leben neu erschafft, bis sie ihn wieder in den Körper zurückholte, ihn packte und zog. Jetzt bebte auch ihr Becken, streckte sie sich ihm entgegen, sie rieben sich gemeinsam dem letzten Feuerwerk entgegen, ihre vollen Brüste in seiner Hand, der rauhe Knopf auf seiner Haut, klang die Lust jetzt auch nach Liebeslauten, lauter als ein Engelschor, vor lauter Leidenschaft ließen sie sich fallen, um zu fliegen, über die Spitze zu wirbeln. Er pumpte und pumpte sie voll, sie zog und sog ihn aus, bis sie vor Ermattung zurückglitten.

6 «Was meintest du mit Nostalghia?» fragte Mira und sah ihm in die Augen. Alexander stützte den Kopf auf seine Hand, der Ellbogen drückte auf das Bett.

«*Nostalghia* ist ein Film, in dem es um den Verlust der Heimat geht, um Heimweh, und wie es krank machen kann, wie man daran sterben kann.» Mira rührte ihr Zwei-Komponenten-Silkon an, fügte Härter hinzu und goß die Mischung in den Gips. Härter, ja, das paßt. Härter macht hart, härtet ab.

«Und daran litt dein Vater auch?»

«Ja.»

«Obwohl er selbst aus der Sowjetunion wegwollte?»

«Ja. Vielleicht liegt es am Land, vielleicht an dem melancholischen Naturell der Russen, aber sie leiden besonders oft darunter. Meinem Vater ging es auch so. Natürlich sterben sie an richtigen Krankheiten wie Krebs oder einem Herzinfarkt, aber die eigentliche Ursache ist der Verlust der Heimat.»

«Also ich kann mir nicht vorstellen, daß mir so was passieren könnte.» Mira blickte kurz auf, dann goß sie die zähe graue Masse in den Gips.

«Eher im Gegenteil», fügte sie hinzu, «ich fühle mich oft in diesem engen, kalten, bis in die letzte Dickdarmfalte durchorganisierten Land fremd. Ich hasse die feiste Selbstzufriedenheit des neuen Kanzlers, wie er was von moralischer Wende erzählt und gleichzeitig alle sozialen Errungenschaften vernichtet, um als verkehrter Robin Hood die Reichen zu bedienen, denen die Gier nach mehr und mehr aus jeder Armani-Pore tropft.»

Alexander, wie er jemanden verteidigte, ohne es eigentlich zu wollen: «Wie kannst du jetzt schon so über den Mann urteilen? Gut, ich finde ihn auch nicht sympathisch, aber das heißt noch lange nicht, daß er ein schlechter Bundeskanzler wird. Gib ihm erst mal eine Chance. Außerdem, wo würdest du denn hingehen, willst du in ein kommunistisches Land?»

«Ich weiß, den real existierenden Sozialismus kannst du nicht empfehlen ...» Miras Stimme klang sarkastisch.

«Nein, allerdings nicht», sagte Alexander ernst.

«Man müßte dahin, wo etwas neu aufgebaut wird oder wo wenigstens die Chance besteht, noch etwas zu verändern ... Südamerika vielleicht.» Mira blickte versonnen auf ihre Gipsform.

«Und was würde aus uns», wollte Alexander wissen.

Mira zog die Schultern hoch, klapperte mit den Ohrringen.

«Mal sehen. Du könntest ja mitkommen.»

«Du weißt, daß ich das niemals tun würde.» Sie antwortete nicht. Ihre Finger prüften das milchig-transparente Silikon in der Form. Trocken, abgekühlt. Also fertig. Es steckte fest in der Gipsform, unlösbar gefangen wie in dem verklemmten Griff des Vaginismus.

«Hattest du eigentlich jemals Angst, du bekämst ihn nicht mehr raus?» fragte sie unvermittelt.

«Nein», antwortete er, «wie kommst du darauf?» Mira nahm einen Hammer und beklopfte vorsichtig den Gips, während sie ihn drehte. Nach wenigen Schlägen sprangen die Trennähte. Sie befreite ihr Silikonprodukt, einen Dildo von lebensechter Form, lediglich die Farbe wirkte alles andere als lebendig. Stolz präsentierte sie ihn.

«Darf ich vorstellen, das hier ist Helmut. Er wird mich begleiten, wenn du keine Zeit für mich hast.»

«Na, prima. Eigentlich brauchst du mich dann doch gar nicht mehr.»

«Wer wird denn gleich so schwarz sehen.» Sie beugte sich zu ihm hinunter für einen langen Zungenkuß. Alexanders Nacken schmerzte, der Hals spannte. Sie muß den Kopf immer so nach oben recken, wenn wir uns im Stehen küssen. Wie unangenehm. Er befreite sich aus ihrer Umarmung.

«Was machst du eigentlich mit Helmuts standhaftem Vorbild? Kommt der wieder in die Tiefkühltruhe?»

«Nein. Gut, daß du mich daran erinnerst. Ich habe ihn ja nur geliehen. Sein rechtmäßiger Besitzer soll ihn wiederbekommen, auch wenn ich meine berechtigten Zweifel hege, daß er eine sinnvollere Verwendung für ihn weiß als ich.» Mira ging hinaus. Als sie zurückkam, hielt sie eine Packung Binden und einen Schuhkarton in der Hand. Sie nahm den Deckel ab. Modell Lady Chatterley, Größe 38, Farbe Blutrot. Sorgfältig polsterte sie den Karton mit Binden aus. Sicher und saugfähig. Dann legte sie die Reliquie in das Bindenbett. Weiche Vliesumhüllung mit Prägemuster.

«Willst du ihn dort abgeben?»

«Hältst du mich für blöd? Nein, ich schick ihn mit der Post. Per Nachnahme.» Angenehmer Tragekomfort.

«Hoffentlich trödelt die Post nicht, sonst ist dein Päckchen leer, wenn es ankommt.» Hauchdünne Hygiene für alle Tage. Mira klebte den Karton zu.

«Übrigens hättest du dem Rechtsmediziner noch deutlicher zeigen können, daß sein Täterverdacht falsch war.»

«So, wie denn?»

«Du solltest ihn in benutzte Binden einpacken.»

«Nein. Das wäre übertrieben. Ich kann mir zwar nicht vorstellen, daß er zweihundert Studentinnen zum Blutungstest anmarschieren lassen kann, aber ich will es auch nicht provozieren.» Sie beschriftete den Karton mit neutralen Druckbuchstaben. Alexander stand auf, umarmte sie, kraulte die Locken in ihrem Nacken, ließ die Hand ihren Rücken hinuntergleiten und griff in ihre kraftvollen Hinterbacken. Geformt vom Treppensteigen.

«Mich provozierst du aber schon wieder mit deinem geilen Arsch», sagte er.

«Ich will erst das Päckchen aufgeben, danach haben wir Zeit.»

«Ich mag nicht länger warten.» Seine Hände strichen über ihre Oberschenkel, arbeiteten sich nach vorne und erkundeten den warmen Hügel zwischen den Beinen. Sie schob den kecken Kundschafter zur Seite, schnappte den Karton und ging in den Flur, um sich Schuhe und Jacke anzuziehen. Alexander folgte ihr.

«Handelt es sich um ein Päckchen oder eine Paketsendung, Fräulein?» Die Schalterbeamtin hielt den Schuhkarton mit spitzen Fingern.

«Frau, sagen Sie lieber Frau. Ich glaube, es ist ein Päckchen», antwortete Mira.

«Oder sollen wir es als Warensendung verschicken? Liegt ein Begleitschreiben bei?»

«Äh … nein.»

«Gut, dann ist es günstiger als Warensendung. Ist die Ware zerbrechlich?»

«Nein, äh, doch ja, irgendwie schon. Jedenfalls ist sie schon einmal gebrochen.»

«Das ist wichtig», sagte die Schalterbeamtin, «sehen Sie», dabei schrieb sie mit großen schwarzen Filzlettern BITTE NICHT STÜRZEN auf den Karton.

«Aber ich sehe gerade, Sie haben vergessen, den Absender anzugeben.»

«Das ist Absicht, es soll eine Überraschung werden.»

«Das ist nicht zulässig. Sie müssen den Absender schon angeben. Sie könnten sonst ja eine Bombe verschicken.»

«Ist schon gut, ich setze den Absender ein», mischte sich Alexander ein. Er ließ sich den Karton reichen und begann zu schreiben.

«Kann ich das Päckchen als Eilsendung verschicken?»

«Ich dachte, Sie wünschen die Sendung als Warensendung zu deklarieren ...»

«Ja, meinetwegen, egal, also gut, kann ich meine Warensendung als Eilzustellung aufgeben?»

«Nicht, wenn die Zustellung per Nachnahme erfolgt.»

«Mist.»

«Handelt es sich denn um verderbliche Ware?»

«Ja, das kann man so sagen.» Sie sah Alexander an, der fertig geschrieben hatte und den Karton an die Beamtin zurückgab, bei beiden gluckste das Lachen hinter vorgehaltenen Händen hervor.

«Professor – Goldköpfchen – Anatomisches – Institut – der – Universität», las die Beamtin. «Gut, warum denn nicht gleich so. Handelt es ich bei der verderblichen Ware um ein Nahrungsmittel, etwas zu essen?»

«Nein», antwortete Mira kichernd.

«Gut, denn der Versand von leicht verderblichen Lebensmitteln als Warensendung ist ebenfalls nicht zulässig.»

«Ist der Versand von Körperteilen auch nicht zulässig?» fragte Alexander. Die Beamtin blickte ihn befremdet an.

«Nicht wenn sie lebendig sind oder von einem lebendigen Lebewesen gewaltsam abgetrennt wurden. Anders sieht die Sachlage aus, wenn es sich um nicht gewaltsam abgetrennte Körperteile handelt wie zum Beispiel ausgefallene Haare oder eine Perücke.» Sie las erneut den Absender.

«Tote Lebewesen wie Leichen gelten hingegen als Sache und dürften theoretisch verschickt werden. Für Sie aus dem Anatomischen Institut ist das vielleicht einmal wichtig», erklärte sie und lachte verschwörerisch.

«Dann ist ja alles in Ordnung», sagte Alexander.

«Ja», sagte die Beamtin, «für eine Leiche ist Ihre Warensendung sowieso viel zu klein.» Wieder lachte sie verhalten. Dann wurde sie wieder ernst.

«Eine Warensendung darf zu Prüfzwecken durch die Post geöffnet werden.» Mira schluckte.

«Wenn Sie meinen, daß das hier notwendig ist ...» sagte Alexander und drehte sich zu der sozialismuswürdigen Schlange um, die sich hinter ihnen gebildet hatte. Die Beamtin lugte aus ihrem Schalter wie ein Panzerfahrer im Feindesland.

«Oh, ich denke, das wird im Augenblick nicht nötig sein.»

«Danke», sagte Alexander und lächelte ihr stahlblau ins Gesicht.

Mira beugte sich über den Tisch, um ihren Dildo von allen Seiten zu betrachten und zu befühlen. Es war, als habe er auf die Gelegenheit gewartet. Alexander preßte sich auf ihren Hintern, die harte, vom Stoff mühsam gebändigte Beule zwischen die Backen drängend. Er knabberte an ihrem Ohrläppchen, spielte mit dem Ring und flüsterte in ihre Muschel.

«Ich will dich jetzt.»

«Ich habe meine Tage.»

«Das macht nichts. Ich will dich von hinten, ich will deinen Arsch.» Zügig streifte er ihren Slip herunter, schob den Rock zur Seite und strich leidenschaftlich über ihre runden Hinterbacken, seine flinken Finger fuhren die kraftvolle Rosette aus, weiter die Hauptstraße entlang, zur nassen Mitte. Dann griff er voll in ihre Backen, riß sie auseinander, bis der rosa Muskelmund klaffte, und rammte seinen steil aufragenden Stachel hinein. Mira schrie auf, zappelte wie ein von einer Lanze getroffenes Tier. Er hielt sie mit eisernem Griff, stieß nach und nach, wie um den krampfenden Muskelring aufzubrechen.

«Nein», schrie Mira und versuchte sich aus seiner Umklammerung zu befreien, vergebens. Ihre Gegenwehr stachelte ihn an, Lust in dem engen Loch, Lust an der Gewalt, wie er sie hatte, sie nahm, wie er wollte, Lust mit Macht, Macht wie im weißen Kittel, der sich hinter seinen harten Stößen bauschte, über seinen nackten Hintern streichelte, der Kittel ausgebreitet wie ein Zelt, übergeworfen wie der Mantel des Vergessens. Er starrte auf das volle Backenpaar, das er aufgespießt hielt, auf die Grübchen, wie ein zusammengekniffenes Augenpaar, das ihn beobachtete, wie er sich an die ausladenden Beckenschaufeln klammerte, ihr volles Fleisch in seiner Hand, unschuldig weich, herausfordernd zugleich, wollte geschlagen werden, sattes Klatschen, wie sein Geschlecht, das fest an ihre Schenkel und Backen klatschte, jetzt naß und klebrig von ihr, rosa verschmiert, echtes Blut, eine Entjungferung, deshalb auch so eng, so schön eng, daß er sie aufreißen wollte, weit hinein, ganz hinein, bis in die Tiefe des Leibes, ihres Leibes, der jetzt seiner war, in seiner Hand, in den er eindrang, so weit er reichte, immer weiter, bis auch er riß, sich mit vollen Zügen in ihr ergoß.

«Wie oft soll ich denn noch sagen, daß es mir sehr leid tut!» Alexander hob den blauen Blick mit traurigen Augen. Zum Schmelzen traurig.

«Hör mir gut zu: tu das nie wieder. Nie wieder! Hast du mich verstanden?»

«Klar.»

«Okay.»

«Spaß hat es trotzdem gemacht.»

«Du Arschloch.» Seine marinefarbenen Augen bettelten und blinzelten. *Blue for you.*

«Also gut, du hast dein Vergnügen gehabt, aber du bist mir was schuldig. Ich werde es einfordern, vergiß das nicht!»

«Ist gut.»

«Und versuch mal mit weniger russischem Akzent zu sprechen.»

«Charaschow», funkelte er.

«Grrrr», fauchte Mira und sprang ihn an, daß er rücklings auf ihr Bett fiel. Mit einem wilden Schrei warf sich Mira hinterher, ihr Bein plumpste in seinen Schritt. Alexander stöhnte.

7 Der unangenehmste Abschnitt in ihrem praktischen Jahr war die Zeit in der Chirurgie, darüber waren sich Alexander und Mira einig. Es lag weniger am Fach selbst, mit dem sie nicht klargekommen wären, im Gegenteil, gerade Alexander gefiel die direkte Arbeit mit den Händen, und auch Mira, die sich für Frauenheilkunde zu interessieren begann, mochte die Spannung einer Operation, wenn sich alles blitzschnell zwischen Heilung und Tod entschied. Auch Blut, schwere Verletzungen und zerstörtes Gewebe machte ihnen nichts aus; was sie beide jedoch zutiefst verdroß, waren die Herren der Messer, grob und hart wie ihre Schnitte, im Gespräch mit Patienten und Studenten einfühlsam wie ein verbitterter Feldwebel der Marines. Maul und Haken halten, das war ihre Aufgabe, wehe aber, sie wollten mehr, interessierten sich mehr als erwünscht, dann traf sie der volle Zorn des Operateurs, der keine Ablenkung duldete, vor allem, wenn er in dem roten Gewusel den Überblick verloren zu haben schien. Alexander spürte während einer Schlagaderoperation den warmen, eisen-klebrigen Springbrunnen im Gesicht, eine wortlose Antwort auf allzu vorwitzig gestellte Fragen.

Mira mußte mit ihren Haken ein aufgeschlitztes Becken auseinanderreißen, aus dem die weiblichen Geschlechtsorgane großzügig rausgeschnitten werden sollten, als sie sich ebenfalls zu sehr erdreistete.

«Ist der Scheidenhof nicht etwas kurz, so kann sie gar nicht mehr verkehren», sagte sie.

«Verkehren? Meinen Sie im Ernst, die hier hätte noch einen Stecher? Der müßte ja blind oder besser mehrfachbehindert sein. Also was soll das? Wollen Sie meine Operation kritisieren, Fräulein Mira?»

«Lubek, Frau Lubek.»

«Oh, so vornehm und emanzipiert. Frau sagt man nur zu einer, die schon mal gevögelt wurde. Sind Sie denn schon flachgelegt worden?»

«Ich verbitte mir solche Anzüglichkeiten. Das geht Sie überhaupt nichts an, Herr Professor.»

«Sie verbitten sich was, Fräulein? Sie haben sich hier nichts zu verbitten. Hier gibt es nur einen, der das Recht hat, sich etwas zu verbitten, und das bin ich. Hören Sie, ich will Sie hier im Op nicht mehr sehen, außer als Patientin.» Dabei stach er ihr das blutige Skalpell durch den Handschuh. Mira schrie auf vor Schmerz.

«Oh, das tut mir leid, Sie müssen mit Ihrer Hand ins Op-Gebiet geraten sein. Ich gebe Ihnen einen guten Rat, so von Kollege zu einer, die auch eine Kollegin werden will: Passen Sie künftig besser auf!» Mira lief raus. Sie hielt die Tränen bis zum Umkleideraum zurück.

Ihr Protest brachte es bis zum Universitätsrektor, der ihr schrieb, die Angelegenheit werde sorgfältig geprüft. Danach hörte sie nichts mehr davon. Die schlichte Kommilitonin, die sie schon seit dem Anatomiekurs kannte, riet ihr, die Sache nicht so hochzuspielen.

«Was heißt hier hochspielen», sagte Mira, «der meint glatt, als Professor könnte er sich alles erlauben. Das ist doch nicht in Ordnung.»

«Chirurgen sind eben so, richtig rauhe Kerle, wahrscheinlich müssen sie so sein, wegen der schweren Belastung im Op», sagte die Studentin.

«Nein», widersprach Mira, «das ist ein beschissener Rechtfertigungsversuch. Andere stehen unter ähnlichen Belastungen und verhalten sich deshalb noch lange nicht wie Barbaren. Der Typ ist ein chauvinistischer Frauenfeind.»

«Du übertreibst. Außerdem bist du nicht die Einzige, der so was passiert ist, nur stellen sich die anderen nicht so an.»

«Anstellen? Hältst du mich für überempfindlich, nur weil ich mich nicht beleidigen und körperlich verletzen lassen will?»

«So was kommt halt vor.»

«Sag mal, du tickst doch nicht ganz richtig, wie kannst du diesen Arsch nur so verteidigen.» Miras Wut richtete sich gegen die Kommilitonin.

«Ich habe dieses Fach studiert, um als Ärztin zu arbeiten, wenn der Scheiß vorbei ist. Ich will noch was werden. Meine Karriere soll nicht im Duell mit einem etwas exzentrischen Professor enden.»

«Du bist ja noch bescheuerter als ich gedacht habe.»

«Ja, beschimpf mich nur, aber siehst du denn nicht, wie du dir damit alle Wege verbaust?»

Mira konnte schon wieder aufbrausen.

«Es gibt Grenzen, die keiner überschreiten darf, auch kein selbstherrlicher Professor. Es gibt Menschenrechte, die gelten überall und für jeden, sogar in der Medizin.»

«Da wäre ich mir nicht so sicher», sagte die Studentin und ging.

In der Nacht traf sich Mira mit Alexander in der Klinik. Gerne hätte es Mira dem Professor heimgezahlt, aber die unsichtbare Mauer stand. Sie hatte keine Chance. Was ihr blieb, war sein Heiligstes zu entweihen und seine Bundeslade in Besitz nehmen, und genau das wollte sie, wenigstens symbolisch, in einem Akt, der ihn ausschloß, der den Halbgott vom vorgestellten Thron stürzte. Außerdem war es ein Kitzel, ein verbotener Reiz, das Gefühl einer donnernden Büffelherde in der Brust. Alexander hatte den Schlüssel ausgeliehen und nachmachen lassen, erstaunlich einfach, aber der Weg war frei.

Trotzdem ein schwieriger Weg, Licht wäre zu sehen, der Trakt der Operationssäle lag im rechten Winkel zum Dienstarztzimmer. Dort brannte Licht. Er könnte hierhersehen. Ein paar Meter weiter die Zimmer des Ärztlichen Direktors und der Oberärzte samt Sekretärinnenanhang. Noch ein Licht, wenn auch gedämpft. Für manche hörte die Arbeit wohl gar nicht mehr auf oder sie fürchteten sich vor zu Hause.

Sie tasteten sich an den finsteren Wänden entlang. Alex' Mut schien mit dem Licht zu verlöschen. Sie konnte seine hastigen Atemzüge als warme Brise im Nacken spüren, so dicht blieb er hinter ihr, um sie nicht zu verlieren. Mira tastete den langen Chromgriff, zog und die Metalltür rumpelte sanft zur Seite. Alexander zerrte sie wieder zu. Mira suchte mit der Taschenlampe die Strahler. Der Operationssaal hatte kein Fenster. Sie schaltete ein, drehte den Strahler dezent zur Seite. Dann klappte sie den Operationstisch auf, rollte aus zwei Wolldecken eine Matratze und strahlte Alexander herausfordernd an. Die Lampe summte leise.

Sie küßten sich. Weich tasteten die Lippen, sanft reizte die Haut, dort wo sie am dünnsten ist, dort wo sie am empfindlichsten ist, ein gegenseitiges Liebkosen, von Nerv zu Nerv. Erstaunlich, wie neu sich das anfühlt, dieses feuchte Streicheln, das Spiel der Zungen, ihr liebevolles und liebestolles Ringen; dabei kennen sie sich, diese Münder, ungezählte Male durchgeknutscht. Auch die suchenden Hände, auf ruheloser Tour über die begehrte Hautlandschaft, der bekannten zweiten körperlichen Heimat, die gewohnten Reaktionen, die Schauder und Wellen, sein heißes Anschwellen und der Geruch nach Meer und Moschus.

Mira legte sich auf den Tisch und zog seinen willigen Leib heran. Sie nahm ihn auf, öffnete sich, ließ ihn eindringen, schmiegte ihre kochende Manschette fester und knetete seine hart pulsierende Kraft, die immer tiefer hinein wollte, eins mit ihr werden. Wie junge Vögel, die ihre Flüge noch zählen können, erhoben sie sich mit sachten Flügelschlägen, dem dumpf lüsternen Stampfen ihrer Becken. Als sie ihn nah vorm Lossprengen spürte, rieb sie sich auf, rubbelte sich in die Höhe, wo kein Bild mehr stört, nur noch lodernde Energie, völlig losgelöst wie Major Tom im All, der Embryo aus der *Odyssee im Weltraum*, Lichtjahre entfernt der Andere, wie er mitfliegt, blind vereint in schwindelnder Höhe.

Langsam ebbte es ab. Sie konnte weiter, gewiß, so arbeitete sie unermüdlich. Ihm schwanden die Kräfte, er gab nach, fühlte sich weich und aufgelöst und ausgelutscht. Mira robbte ihr Gesicht vor seine wasserblauen Augen. Ein verschmitzter Blick der verlegen eingestandenen Schuld, wie ein kleiner Junge, der beim Marmeladenaschen erwischt wurde. Mira lachte.

«Mein Pony macht schlapp.» Er lachte und wieherte: «Brrr.»

«Hüh», antwortete sie kurzatmig. Eine erneute Salve brach aus ihr heraus, und er fiel mit seinem warmen, dumpfen Baß ein, sie spürte die Haut vibrieren, ein Kitzelreiz, der sie erneut loslachen ließ, so steigerten sie sich bis zur Luftnot. Ein Krampf, kurz vorm Totlachen.

Sie schlichen zurück. Das Fenster des Dienstarztes lag im üblichen Dunkel, das dünne Licht aus einem der höheren Zimmer harrte aus, eine schwache Boje in der Dunkelheit. Sie mußten dort über den Flur, an der Tür vorbei. Oder war das Licht nur vergessen worden.

Noch leiser mühten sie sich voran, kämpften sich durch die Finsternis. Plötzlich ein Geräusch, das rauhe Kratzen einer Tür, wild flackernde Lichter, die in schmerzend hartem

Licht verschmolzen, das jede Form gleißend abzeichnen würde. Ein tief verborgener, uralter Reflex ließ sie lautlos in die schmale Bucht der nächsten Tür stürzen, ab in Deckung. Sie hörten eine unangenehm vertraute Männerstimme mit für sie unvorstellbar zärtlichen Worten, die weibliche Antwort, ein helles, fröhliches Stimmchen, der Laut der Unreife. Der Gynäkologieprofessor. Ausgerechnet, sieh mal einer an. Verhalten schleimiges Schmatzen, die küssen sich. Mira spingste vorsichtig in den Gang. Die waren ganz mit sich selbst beschäftigt. Es war die Kommilltonin, jene Studentin, mit der sie über den Professor gesprochen hatte. Ausgerechnet, verdammt. Aber der ist doch verheiratet. Unser guter, selbstgefälliger, egoistischer, unverschämter Professor. So einer ist das. In unschuldigem Weiß: Oben hui und unten pfui. Sie verabschiedeten sich, ein Termin, mit unnatürlicher Freundlichkeit zugeflötet, die nächste Nacht in drei Tagen. Das steht ihm doch gar nicht, soviel Liebenswürdigkeit. So ein Arschloch. Noch ein häßliches Schmatzen, als wolle er sie auffressen, das Schwein. Der Professor schloß ab, seine flotten Schritte verhallten. Dann herrschte Stille.

«Du kannst dich nicht an jedem rächen.»

«Ich muß es aber wenigstens versuchen.» Mira ließ nicht mit sich reden, wie so oft. Eine weichhäutige Frau, innen hart wie Stahl, wenn sie einen Entschluß gefaßt hatte oder zu einer Überzeugung gekommen war. Ein flüchtiger Abschiedskuß und sie war weg.

Am Abend präsentierte sie stolz ein Foto, auf dem der Professor eindeutig in Aktion zu erkennen war.

«Na also. Wen haben wir denn da», sagte Mira triumphierend.

«Bravo, eins zu null für dich.»

«Nein, eins zu eins, ich habe bloß ausgeglichen.»

«Und was willst du jetzt damit?» fragte Alexander.

«So wenig Phantasie?» Mira schrieb auf die Rückseite des Fotos: «Ziehen Sie Konsequenzen! Mein ehrlicher Wunsch – von einem anderen Opfer.» Dann steckte sie das Bild in den Briefumschlag und ging, um ihn sofort einzuwerfen.

8 «Ich bin es so leid», schrie Mira, «seit dem Examen habe ich einhundertdreiundzwanzig Bewerbungen an alle Krankenhäuser mit gynäkologischen Abteilungen geschickt, einhundertdreiundzwanzig; und was passiert? Nichts als Absagen.»

Alexander legte beruhigend den Arm um ihre Schulter. «Hab doch Geduld, es klappt bestimmt noch.»

«Ich kann das nicht mehr glauben. Sieben Bewerbungsgespräche hatte ich, ganze sieben aus hundertdreiundzwanzig! Und in den Bewerbungsgesprächen kam ich mir nachher immer wie eine Alibikandidatin vor. Sie können ja nicht nur Männer zur Vorstellung einladen, nein, das macht einen schlechten Eindruck. Deshalb laden sie auch ein bis zwei Frauen ein, damit die Optik stimmt. Und dann diese blöden Fragen, ob man fest liiert sei, mann, mann ist fest liiert, und wie die eigene Familienplanung aussähe, wollen sie wissen. Dabei steht schon fest, daß sie keine Frau nehmen, jedenfalls nicht als Kollegin. Frauen nehmen sie höchstens eine Viertelstunde nach der Visite, ficken sie von hinten, damit sie ihr nicht in die Augen blicken müssen. Aber bloß nicht als Ärztin, nicht aufgenommen in die heiligen Reihen der Medizinerzunft, die bleiben fest geschlossen, wie immer. Oder sie kennen Frauen als Schlachtplatte, auf dem Op-Tisch ausgenommen, die Gebärmutter mit dem gesamten Anhang rausgerissen.» Ihre Augen blitzten dunkel und böse hinter ihrer neuen Brille mit den dünnen, silbrig glänzenden Bügeln hervor.

«Es ist wie ein Boykott.»

«Wieso ein Boykott?»

«Von diesem fiesen Frauengeilkundeprofessor, weil ich seiner Frau das Foto geschickt habe.»

«Das kann er doch gar nicht wissen», beschwichtigte Alexander.

«Stimmt, aber woran liegt es dann? Ist es nur die Angst der Chefs vor Schwangerschaft und Ausfallzeiten oder hassen sie Frauen ganz einfach?»

«Ich kann mir das nicht vorstellen. Es ist eben schwerer geworden, eine Stelle zu finden.»

«Du hast gut reden! Du hast ja eine Stelle, wie du sie dir vorgestellt hast, in der Psychiatrie.»

«Ja, aber das hat auch gedauert.»

«Na hör mal, du kannst dich wirklich nicht beklagen.»

«Sei doch mal etwas geduldiger.»

«Nein, mir reicht's. Ich muß hier weg.»

«Weg? Wie weg? Weg aus Deutschland?»

«Ja.» Er verstärkte den Druck seiner Umarmung.

«Ich will, daß du bei mir bleibst.» Dabei küßte er sie.

Mira schob ihn zurück.

«Mit uns ist es auch nicht mehr, wie es einmal war.»

«Wie meinst du das schon wieder?»

«Leidenschaft ist wie der Mond. Sie kann nur zu- oder abnehmen, sie bleibt niemals gleich. Und bei uns nimmt sie ab.»

«Es ist doch immer noch sehr schön mit uns.» Dabei wühlte er mit der Nase in ihrem Haar.

«Ich möchte wieder einmal etwas Besonderes erleben.»

Seine Lippen streichelten ihr Ohr.

«Ich tue alles, was du willst.»

«So?» fragte sie und sah ihn geheimnisvoll an. Sie biß sich auf die Unterlippe, spielte dann mit der Zunge zwischen den Lippen.

Mira klapperte metallisch, diesmal kein Schmuck, schob seine Arme über den Kopf, hakte die Hände ein und ließ die Handschellen am Bett zuklicken.

«Was hast du vor?» fragte Alexander.

«Wirst schon sehen, du weißt doch, eine Überraschung.» Dabei fesselte sie seine Füße einzeln, die Beine gespreizt. Der dunkel gekräuselte Wald, darunter die empfindlichen Früchte und in der Mitte, da ragte er schon wieder. Ein Männlein steht im Walde, ganz still und stumm. Die Vorhaut vor Vorfreude schon zurückgeglitten, glitzerte die purpurne Eichel wie ein Mund, in dem das Wasser zusammenläuft. Hat aus lauter Purpur ein Mäntelein um. Sie tastete über die Hautlandschaft, durch Täler und Felder, in den Wald hinein. Die Prinzessin küßt den Frosch. Sie beugte den Mund hinunter. Hallo, Rotkäppchen, hier ist der böse Wolf, der dich gleich verschlingen wird. Sie sog und spielte an ihm, brachte das zum strammen Riesen gewachsene, rotbehütete Zwerglein zum Tanzen, brachte ihn auf Touren. Als sie ihn kurz vorm Überschlag hatte, ließ sie ihn fallen, griff das tantrische Seidentuch, die innig verschlungenen Götterkörper, und legte es um seinen Hals.

«Erinnerst du dich an die Rechtsmedizin und was wir über erotische Stimulation durch Sauerstoffmangel gelernt haben?» Alexander nickte. Wahrscheinlich hätte er in diesem Augenblick zu allem genickt.

Mira schlang das Seidentuch in einen Windsor-Knoten, leicht zuzuziehen, schnell zu korrigieren, wie eine sportliche Krawatte. Dann schwang sie sich auf ihn, den Schoß geöffnet, so verschlang sie ihn mit einem Rutsch. Er seufzte begierig, sie griff das Tuch wie ein Zügel, zog an, um loszureiten, ihn zuzureiten. Sie spürte ihn in ihr, wie er ihr entgegenstieß, noch härter emporwuchs, in sie eindrang, sie ausfüllte, bis zur Gebärmutter, während sie mit festem Zügel ritt, weiter hochstieß, bis in den Magen, ihn immer weiter rein trieb, bis in ihr Herz, wo er platzte, eine überreife Frucht, die ihren Samen dem Himmel entgegenschleudert, als auch sie ihr Leben zu verströmen schien, ihre Haut in Glut gebadet, die Glieder geil gespannt, die Schwingen gespreizt, der Sonne entgegen. Für dieses Gefühl ist kein Preis zu hoch, kein Sturz zu tief.

Keuchend schaukelte Mira den letzten Wellen nach, schlug die verhangenen Augen auf. Ohne Brille alles im Weichzeichner, keine klaren Konturen, dafür fallen Bewegungen besser auf, sie verraten das unkenntliche Gesicht, an ihren Bewegungen sollt ihr sie erkennen. Keine Regung, nur ein fahler Fleck auf dem Kissen. Alex? Sie beugte den kurzsichtigen Kopf heran, minus drei Dioptrien, das bedeutete, ab 33 Zentimeter sah sie wieder klar. Klar waren auch keine Bewegungen zu sehen, die Lider hochgerissen, offen das aquamarinkalte Paar, der Unterkiefer runtergesackt. Alex, nein, bitte nicht! Das kann nicht sein, das darf nicht sein, nein, keine Atmung, verdammt, warum mußte das passieren, ihre Augen tropften, wurden wieder schlierig, wie geht das noch mal, einmal Notfallkurs, seitdem nie mehr benötigt und jetzt das. Sie klebte ihren Mund auf seine leblosen Lippen, plusterte die Lungenflügel bis zum Platzen auf und blies, bis ihr schwindlig wurde. Was ist mit dem Herz, Herzmassage und beatmen, das geht nicht, da gab es doch noch etwas, wie man das Herz auf Trab bringen kann, verdammt, ja. Sie ballte die Rechte zur Faust, emporgereckt und mit aller Kraft runtergerissen, auf seinen Brustkorb gekracht, mit der Kraft der Verzweiflung und der Wut. Dann machte sie sich wieder über seinen Mund her, spendete Atem, hauchte ihm Leben ein, damit er nicht so ende, nach einem Schritt zu weit, auf dem Hochseil der Spannung, der Preis des Höhenflugs, armer Dädalus, nach fünf Minuten ohne Sauerstoff beginnt das Gehirn abzusterben, zusammenzubrechen, zu schrumpfen; und am Ende bleibt womöglich ein lebender Toter, ein lebender Mensch mit totem Gehirn, ein echter Zombie, wie sie sie in der Neurologie demonstriert haben. O Gott, nein, Alex, bitte komm zurück, das wollte ich nicht, nein, niemals, glaub mir doch! Das Zimmer kreiste, das Bett wirbelte vor Schwindel, sie blies und pustete und keuchte ihre Luft in seinen Rachen, bis sie selbst nur noch japsen konnte und über ihm zusammenbrach. Die salzige Brühe trübte ihren Blick, unter ihr der breite Brustkorb, leblos hingestreckt. Nein, da tut sich was, kein Echo der eigenen Bewegung, nein, kein Zweifel, als ränge er nach Luft, als kämpfe er mit einer schweren Last. Mira rutschte von dem Körper, machte ihm Platz und griff behutsam seinen Kopf.

Ein dumpfes Röcheln, ein abgründiger Seufzer, gelöst aus höllischer Tiefe, so kündigte er seine Rückkehr an. Sein Herz raste, die Lunge pfiff, bis der wild bellende Husten ihn weckte.

Mira ließ sich auf den Rücken fallen, die Augen zum Himmel gewandt. Das wäre der Moment für ein Dankesgebet. Wenn man nur daran glauben könnte.

9 Mira gab ihr Gepäck auf. Als der große Rucksack mit seinen vielen schwarzen Bändern auf dem Transportband in kleinen Rucken weggezogen wurde und sich unter den grauen Zungen des Sichtschutzes vorbeischob, brannten Alexanders Augen. Mit dem Rucksack verschwand etwas aus seinem Leben, es war unwiederbringlich verloren. Er verlor sie. Mira hatte die dunkelbraune Mähne zu einem Pferdeschwanz gezähmt, trug Jeans und Pullover, war für etwas Neues gekleidet. Sie wird jetzt gehen, in einer halben Stunde ist sie weg. Weit weg, in einem Land, das ihm fremd war und das sie selbst nur von Fotos und Beschreibungen kannte, ein Land, zu dem sie ihre Zuneigung durch Vorstellung, Glaube und Hoffnung entwickelt hatte, ein Land, über das sie selbst vielleicht nichts wußte, nicht wußte, was sie wirklich erwartete, außerhalb der winzigen Kolonie der Glaubensgenossen von *medico international*. Sie würde ihm fehlen, das war ihm klar. Sie fehlte ihm schon jetzt, das spürte er, obgleich sie nur einen halben Meter von ihm entfernt stand, das Gesicht der adrett uniformierten jungen Frau am Schalter der Fluggesellschaft zugewandt, die Miras dünne Zettel nahm und irgendwas in ihr Terminal tippte. Alexander schluckte. Abschiede waren noch nie seine Stärke gewesen, schon als Kind nicht, als sie endlich ausreisen durften, endlich der verhaßten sozialistischen Bürokratie, schikanösen Willkür und russischen Diskriminierung entkommen konnten. Alexander war sieben Jahre alt gewesen und hatte geheult, bis sein aufgeweichtes Hemd ihm naß und kalt auf der Haut klebte und sein Herz verschnürte. Noch schlimmer als das Geflenne war seine Scham darüber, die steinernen Gesichter seiner russischen Freunde, die er nicht zu entschlüsseln wußte, über die er nur wußte, daß er sie das letzte Mal sah, genauso wie die unendliche Weite der Steppe, die hinter dem Zugfenster an ihnen vorbeiflog, ein elender Endlosfilm, als Soundtrack das platte Geplapper seiner Großmutter, die ihnen von der neuen alten Heimat vorschwärmte. Selbst als sie längst angekommen waren und sein Vater ihm von seinem ersten Geld die Uhr, eine echte Schweizer Uhr, geschenkt hatte, war dieser ziehende Schmerz in seiner Brust noch nicht abgeklungen. Erst das Feuer der Liebe hatte ihn verzehren können, mit Mira. Sie hatte eingecheckt und war jetzt fertig.

«Laß uns noch einen Kaffee trinken», schlug sie vor. Sie ließen sich in die Stahlrohrsessel des Flughafencafés sinken. Zwei Cappuccini. Sofort zu zahlen, direkt beim Servieren, ein Preis, für den man anderswo schon weitere Dienstleistungen erkauft hätte. Mira klopfte die Zigarettenschachtel auf die Faust und angelte das erste Exemplar, das herausfiel. Mit fast provozierender Würde und Langsamkeit entzündete sie die Zigarette und genoß den ersten Zug. Selbst das störte ihn jetzt nicht mehr. Sie hatte recht, ihr fehlte die berufliche Zukunft, sie wollte nicht sein Anhängsel sein, ein Alptraum, das Vorbild der Mutter, vor allem in letzter Zeit, als die Krise mit Händen greifbar wurde und selbst das körperliche Feuer runtergebrannt war, natürlich mehr noch bei ihr, ihr Schritt war also logisch, gut durchdacht, bis auf das unklare Ziel, und trotzdem.

«Ich habe noch ein Geschenk für dich», sagte Mira und zog eine kleine, lange, edel verpackte Schachtel aus ihrem Handgepäck. Sie reichte es ihm. Alexander drehte das leichte Päckchen, begann es dann aus dem Papier zu schälen. Mira rauchte und beobachtete ihn. Eine Uhr, eine Schweizer Uhr, eine Tissot mit golden schimmernden Ziffern und Mondanzeige. Sein Gesicht brannte wie nach einer Maske mit Rheumasalbe, sein Kinn zuckte.

«Danke», hauchte er. Das Wasser drängte in seinen Augen, jede starke Bewegung, jedes laute Wort konnte die Quelle sprudeln lassen.

«Die Uhr zeigt den Stand der Mondphase an.»

«Ja», sagte er leise.

«Mein Zyklus ist synchron mit dem Mondrhythmus. Mein Eisprung findet zu Neumond statt. Bei Vollmond bekomme ich meine Tage. So weißt du immer über meinen Körper Bescheid.»

«Toll, vielen Dank.» Sein Blick wich ihr aus, um nicht weggeschwemmt zu werden.

«Schau mir in die Augen, Kleiner», sagte sie und lachte. Und jetzt mußte er auch lachen, laut lachen, damit die Tränen nicht auffielen, sie durften aus dem Versteck, hatten ein Alibi, könnten auch von ihrem Witz hervorgelockt sein. Er nahm ihre Hand. Mira drückte die Zigarette aus. Er sah in ihre dunklen Knöpfe hinter Glas, auch nicht mehr ganz trokken. Sie küßten sich. Ein Kuß wie ein Schwur, abgelegt von den Zungen, bekräftigt mit vollen Händen, das letzte Mal diesen Körper so halten, so tasten, so streicheln, kein fremder Körper, eher eine zweite Heimat, eine Heimat, welche die Leidenschaft mit wollüstiger Freude zurückgab. Er spürte Miras Hand, wie sie zärtlich über seinen Nacken glitt und sein Haar zerzauste. Er löste sich und ergriff ihre linke Hand.

«Was ist wirklich passiert?» fragte er und zeigte auf ihre weißgemusterte Narbe am Handgelenk.

«Ich spreche nicht gern darüber. Ich war kaum mehr ein Kind, aber erst recht noch nicht erwachsen, da habe ich mich nicht gespürt, ich kam mir vor wie mit Watte verhüllt, mein Leben in der Familie lähmte mich. Keiner konnte mich verstehen. Da habe ich zu schneiden begonnen, um etwas zu fühlen, um mich überhaupt als lebendig zu fühlen.» Sie nahm noch eine Zigarette, gab sich Feuer, bevor sie weitersprach.

«Das gab natürlich eine Katastrophe, weil sie dachten, ich wollte mir die Pulsadern aufschneiden und deshalb panisch wurden und mich in die Psychiatrie schleifen wollten.» Sie rauchte. Alexander sagte nichts.

«Zum Glück geriet meine Mutter an einen wenigstens scheinbar einigermaßen vernünftigen Arzt, der ihr die Klinikeinweisung ausreden konnte. Ich mußte aber regelmäßig zu ihm gehen, für therapeutische Gespräche.»

«Dann ist es ja noch einmal gut ausgegangen.»

«Nein.» Wieder die wirkungsvolle Kunstpause aus blauem Dunst.

«Die therapeutischen Gespräche begannen harmlos. Aber bald schon fragte er mich, ob ich schon mal den Finger in mein Loch gesteckt hätte.»

«Nein.»

«Doch. Und immer wieder Anspielungen, mein Zustand sei noch nicht ganz stabil, meine Mutter habe solche Angst um mich, daß eine Einweisung im Notfall auch kurzfristig in Frage komme. Es war der blanke Horror. Er wurde immer ganz rot, wenn er das Gespräch auf sein Thema geführt hatte. Heute bin ich mir sicher, daß er onanierte, während ich vor seinem Schreibtisch saß und ihm erzählen sollte, ob ich noch Jungfrau sei.»

«Hat er …»

«Nein, wenigstens diese Grenze blieb.»

«Jetzt verstehe ich, daß du Vorbehalte gegen die Psychiatrie hast.» Miras Blick kehrte in die Gegenwart zurück.

«Für die Geburtshilfe sprechen auch andere Gründe. Wenn ein Lebewesen geboren wird, das ist der wichtigste Moment überhaupt, noch wichtiger als der Moment der Zeugung, und es ist die schönste, lebensbejahendste Fachrichtung in der Medizin.»

«Da ist was dran.»

«Außerdem sollten wir Frauen wieder selbst für unsere Gebärfunktion zuständig sein.»

«Nichts dagegen einzuwenden. Außer, daß mich dieser Standpunkt einer phantastischen Frau beraubt.»

«Iih, da klingt kapitalistisches Besitzdenken durch.»

«So war das nicht gemeint. Ich habe dir doch erzählt, daß ich mir ein Leben mit dir vorstellen kann, nein – wünsche.»

«Ich weiß», sagte sie düster, «und ich habe dir gesagt, daß ich das nicht mache, ich, ganz in Weiß, nein, niemals, mir reichen meine Eltern als Ehepaar.»

«Wir könnten es besser machen.»

«Hör auf, Alex. Oder willst du, daß wir uns in den letzten Minuten noch streiten?»

«Nein», sagte er versöhnlich, «dann könnte ich dir mein Geschenk nicht mehr geben.» Er schob es ihr rüber. Miras Finger entfalteten das Papier mit der gleichen ruhigen Feierlichkeit, mit der sie rauchte. Sie nahm die Kette mit dem roten Stein heraus und hielt sie gegen das Licht.

«Wunderschön», sagte sie.

«Es ist ein echter Granat, genau das Richtige für eine einsame Skorpionfrau. Der Stein soll Willenskraft und Erfolg schenken.»

«Glaubst du, daß es mir daran mangelt?»

«Um ehrlich zu sein – nein. Aber es hat noch etwas mit ihm auf sich: er stärkt die sexuelle Energie.»

«Du willst, daß ich brünstig werde, wo du nicht da bist?»

«Nein», lachte Alexander, «er macht dich nicht blindlings wild. Er soll nur für Erfüllung sorgen. Es heißt, der Granat sorgt dafür, daß eine Witwe einen zweiten Mann bekommt. Und falls das nicht klappt, dann hast du für den Notfall immer noch den dicken Helmut.» Ihre Augen glitzerten heller als der Edelstein.

«Ja. Helmut, mein bester Freund.» Hinter ihrer Brille rann es. Sie waren hemmungslos aufgeweicht. Jetzt wäre der Moment für Versprechen gekommen, anzurufen, zu schreiben, sich zu besuchen. Hohle Worte, die der Erfahrung Hohn sprechen. Alexander gab diesem Impuls nicht nach, und so umarmten sie sich, drückten sich für die Ewigkeit, bis der Flug nach Managua zum drittenmal ausgerufen wurde.

II. Teil

10 Der joviale, kleingewachsene Oberarzt mit dem schwarzen Bart führte Alexander durchs Haus und stellte den neuen Stationsarzt vor. Er konnte die schnelle Salve an Namen nicht aufnehmen, selbst die neugierigen Gesichter waren kaum zu unterscheiden. Höflich und gutgelaunt lächelten die Schwestern und Pfleger, darunter auch hübsche Frauen, die sich grazil in Weiß um den Frühstückstisch scharten. Alexander spürte das leichte Gewicht seines Kittels, den er wie eine Rüstung hochgeknöpft hatte. Gerade begann er, den Anblick seiner neuen Mitarbeiterinnen zu genießen, als er auch schon weiter mußte. Launig und wortreich erläuterte der Oberarzt ihm die Räume, zu denen ihm immer auch eine passende Anekdote einfiel. Wie ein gut dressierter Akkergaul trottete Alexander hinterher, schläfrig berauscht von den neuen Eindrücken, nur mit Mühe gelangen ihm freundliche Antworten. Bis Alexander eine Handvoll treffende Worte zusammengeklaubt hatte, war der rührige Oberarzt schon weiter, im Vorübergehen grüßte er jeden Patienten mit Namen.

Der Rundgang endete in Alexanders kleinem Arztzimmer, dessen Fenster den Blick auf das beruhigende Grün des kleinen Klinikparks freigab. Die Einrichtung war bescheiden: Schreibtisch, Schrank, Untersuchungsliege und drei Stühle. Für den Arzt ein drehbarer Bürostuhl. Alexander setzte sich, saß zum erstenmal als tätiger Arzt an seinem Schreibtisch. Es fiel Alexander schwer, sich zu konzentrieren. Der Oberarzt erläuterte den Dienstplan. Alexander feilte an seinen Gesichtszügen, arbeitete an der Aufmerksamkeit. Endlich wurde der Oberarzt zur Visite gerufen und er war allein. Alexander öffnete das Fenster und atmete durch. Es klopfte.

«Herein.» Durch die Tür trat eine der Schwestern, braungebrannt wie frisch aus dem Urlaub, der blonde Pferdeschwanz wippte mit jedem Schritt. Ihr Gang federte fröhlich, eine schlanke, gutgebaute junge Frau im weißen Schwesternanzug. Unterm Arm klemmte ein Stapel Akten. Sie lächelte ihn an.

«Herr Doktor Stern, ich dachte, Sie möchten sich vielleicht die Unterlagen der Patienten ansehen, um sich schon vor der Visite ein Bild von ihnen zu machen.» Dabei hielt sie ihm den Stapel hin. Er nahm ihn und legte die Akten auf den Schreibtisch.

«Danke, sehr aufmerksam von Ihnen.»

«Schwester Birgit, ich bin Schwester Birgit.»

«Ja. Sie sind mir ja alle vorgestellt worden, aber es ging etwas schnell ...»

«Ich verstehe Sie, das macht doch nichts.» Sie sahen sich einen Moment lang schweigend an. Alexander dachte an Mira. Er fühlte sich müde.

«Ich kann Ihnen auch etwas über die einzelnen Patienten erzählen, wenn Sie möchten.»

«Später vielleicht, gerne.»

Sie lächelte wie in einem amerikanischen B-Movie.

«Gut, Herr Doktor Stern. Bis später.»

«Bis später.» Alexanders Blick folgte ihren schlanken Beinen, ihrem Hintern, der kräftige Formen auf ihrer Hose zeichnete. Alexander sah auf die Uhr. Von dem Dicken kaum was zu sehen, wenige Tage vor Neumond. Alexanders Augen tankten noch einmal Grün aus den Baumkronen, bevor er sich in die Unterlagen vertiefte. Das Irre-Sein, das Verirrt sein und das Verwirrt sein, alles eingefangen, in Kurven, Zahlen und medizinischen Zauberwörtern gebunden und zu Papier gebracht. Er fand eine Buchhaltung der Angst, der

Schwermut und des wild durchgebrochenen Wahnsinns. Dazwischen Zwangserkrankungen, die Oberordentlichen und Abhängigkeiten verschiedener Couleur. Eine Galerie des inneren Schreckens, benannt, damit gebannt und behandelt. Hohe Dosen Chemie, damit der Gepeinigte überhaupt erst wieder zurückfindet. Er blätterte in den Akten, zählte die Depressiven und die Schizophrenen. Sein Querlesen hakte. Iris Stich, 24 Jahre alt, Diagnose: Drogenabhängigkeit. Darunter als Nebendiagnose: Nymphomanie. Alexander spürte plötzlich eine angenehme Erregung, einen Schauer, der über seine Haut lief und zwischen seinen Hüften zusammenfloß. Die Patientin machte ihn neugierig. Hübsche Krankenschwestern, interessante Patientinnen. Ein guter Anfang.

Sie kam sofort, als er sie fragte. Schwester Birgit rückte den Stuhl so nah wie möglich an seinen, damit sie beide die Akten lesen konnten. Sie roch weich und süß, ihr Parfum ließ ihn an pralle, dunkle Süßkirschen denken. Um besser erklären zu können, lehnte sie sich so dicht zu ihm rüber, daß er ihre Körperwärme auf der Haut brennen spürte. Ihr gebräunter Zeigefinger eilte erläuternd durch die Unterlagen. Alexander ertappte sich dabei, dem gebräunten Finger zu folgen statt zu lesen. Sie lachte, zog den Vorhang der morellenfarbigen Lippen zurück und zeigte perfekte, perlenbleiche Zähne. Es fiel ihm schwer, sich auf die Krankenakten zu konzentrieren. Lieber betrachtete er die junge, attraktive Frau an seiner Seite. O Mira, so schnell schon wieder eine körperliche Reaktion, das harte Los der Männer. Alexander versuchte die Gesetzmäßigkeiten zu erkennen, die Systematik hinter den Diagnosen und Medikamentendosen Schwester Birgit, ein begehrenswerter Körper, der selbst noch die dürftige weiße Schwesternkombination zu figurbetonter Mode veredelte. Er fühlte sich wohl in seinem Kittel.

Alexander ließ sich nichts anmerken, eher beiläufig erkundigte er sich auch nach Iris Stich.

«Eine schwierige Patientin», gab Schwester Birgit zur Antwort.

«Warum?»

«Die Drogenfreaks sind meistens unangenehm, sie bringen viel Unruhe auf die Station, oft auch verbotenes Zeug. Frau Stich macht außerdem jedes männliche Wesen an, das in ihrer Nähe vorbeiläuft. Egal ob es der Zivildienstleistende, der Oberarzt oder sonstwer ist. Letzte Woche hat sie versucht, einem Handwerker, dem Klempner, an die Hose zu gehen. Also sehen Sie sich vor, besonders als junger, gutaussehender Arzt.» Wieder lachte sie ihn freundlich an. Alexander lachte zurück. Ja, er mußte sich vorsehen, nicht nur bei den Patientinnen.

Bei der Visite erläuterte der Oberarzt die Patienten in einem fort, sprach ohne Punkt und Komma, von einem Thema zum nächsten springend wie ein junges Reh, bis Alexander wieder schwindlig wurde von der Flut der Worte. Schwester Birgit notierte die Anordnungen, protokollierte ärztliche Erkenntnisse. Dabei strahlte sie ihn aufmunternd an, wenn ihm das Gesicht entglitt. Wie in einem Museum zogen die Ausstellungsstücke an ihnen vorbei, und sie verteilten freundliche Worte wie Tabletten. Der lange, traurige Zug schien endlos wie trostlos, bis der Oberarzt ihm Iris Stich vorstellte. Eine blasse junge Rothaarige mit wilden Lippen im schmalen Gesicht, die sich ihm entgegenreckte, als er die Hand ausstreckte. Alexander witterte ihren strengen Geruch, einen Geruch, wie er ihn noch bei keiner Frau kennengelernt hatte. Sie war nicht besonders schön, ihre Figur wurde von einem weiten, abgetragenen Pulli getarnt, aber sie konnte Hormone zum sprudeln bringen und ihr Händedruck versprach mehr. Doch der oberste Grundsatz lautete: Keine Beziehung zwischen Arzt und Patient. Alexander blieb in der Reserve, ließ sich nicht anmerken, wie er mit allen Sinnen ihre Reize aufsog.

Beim Hinausgehen aus dem Krankenzimmer scherzte der Oberarzt über Nymphomanie, die beliebteste und am meisten überschätzte weibliche Seelenstörung, die viel seltener vorkomme, als allgemein angenommen, wobei auch hier der Wunsch der Vater des Gedankens sein dürfte. Alex lachte, wie es seiner Stellung entsprach, wie man es von ihm erwarten konnte.

Alexander lud sie zum Essen ein. Eine naheliegende Idee, das Interesse war deutlich, vielleicht entsprach es auch einer unausgesprochenen Konvention; jedenfalls fehlte seiner Einladung Originalität, weshalb er sich ihrer fast schämte. Sie mochte nichts Exotisches, Italien war Grenzregion ihres Geschmacks. Warum nicht Italienisch. Eine leichte Kost, immerhin pastagesättigt. Die Nudeln machten es noch heimatlicher, noch deutscher.

Sie saßen sich gegenüber, die Kerze auf dem Tisch ließ die Augen magisch funkeln. Schwester Birgit sah in ihrem sportlichen Kostüm noch hinreißender aus. Die helle Mähne umspülte ungebändigt ihr hübsches Gesicht. Alexander wühlte in den Tagliatelle. Er war etwas aus der Übung, hatte vergessen, wie man verführt. Wenn sie so was überhaupt erwartete. Bei ihm juckte es schon, eine Empfindung, die erfahrungsgemäß die Hemmschwelle senkte, Frauen verschönte. Das alte Problem: umgekehrt schien nur das Versprechen von Bindung die Bereitschaft zu erhöhen. War er zu Versprechungen bereit, bei Schwester Birgit?

«Waren Sie schon einmal in Italien, Herr Doktor Stern?»

«Nein, und Sie?»

«Ja, ich fahre jeden Sommer dorthin. Meistens sogar in denselben Ort. Es ist schön, wenn alles vertraut ist.»

«Wird das nicht irgendwann langweilig, fehlt nicht der Reiz nach Neuem, nach Überraschungen?»

«Och, in Italien jedenfalls nicht. Dort sind vor allem die Menschen so nett. Man schließt schnell Kontakt, natürlich muß man mit den Männern aufpassen, die sind wilder, unkontrollierter als hier, aber ansonsten ist es einfach schön.»

«Wie meinen Sie das, wild und unkontrolliert? Würde sich ein Italiener hier im Restaurant direkt auf Sie stürzen und Ihnen die Kleider vom Leib reißen?»

«Natürlich nicht, aber er würde mich in eine Bar einladen, um mir dort möglichst viel Alkohol zu trinken zu geben, damit ich umgänglicher würde.»

«Hört sich gut an. Hätten Sie Lust, mit mir noch in eine Bar zu gehen?» Sie lachte.

Blue Monkey, für den Namen wenig los, nur wenige Gestalten lümmelten an der Theke und in rotem Samt. Miles Davis röhrte düster all blue. Zwei Wodkacola, Alkohol und Koffein, Ost und West, die flüssige Vereinigung. Sie prosteten einander zu. Dann war er dran.

«Schwester Birgit, ich möchte Ihnen das Du anbieten. Lassen Sie uns, äh ... laß uns Brüderschaft trinken.» Sie war bereit.

«Birgit.»

«Alexander.» Sie stießen an, der erste Kuß, zur Bruderschaft, eigentlich schon mehr, eine Verheißung. Der Raum schwankte, sein Kompaß stand in der Hose. Es war viel leichter als erwartet, als er sie erneut küßte, eindeutig küßte, heiß und leidenschaftlich. Sie war bereit, das witterte er in allen Poren. Seine Hände wollten es wissen und fragten unter ihrem Kostüm. Sie war bereit. Er spürte ihre Brust, umfaßte sie, erwischte sich beim Vergleich mit Mira, kehrte verwirrt zurück, während er seine Zunge in ihrem Mund arbeiten ließ. Die Zunge als Vorhut, der kleine Kundschafter für den harten Riesen, der hinein will in den fremden Körper, der was anzubieten hat, der was loszuwerden hat. Sie war bereit. Mehr nicht, sie tat wenig, blieb abwartend. Aber sie ließ ihn gewähren, bis er innehalten mußte. Mehr war nicht drin, hier jedenfalls, mit dieser Frau jedenfalls.

Sie nahmen ein Taxi, kuschelten im Fond. Er küßte sie, damit sie nicht reden mußten, ein Kuß zur Beschäftigung der Zungen, damit die nicht zu Atem kamen, damit sie nicht reden konnten. Der Taxifahrer fuhr einen Umweg, er verdoppelte fast die Strecke. So als wollte er ihnen noch mehr Gelegenheit für innige Küsse geben, als seien sie schüchterne Jugendliche, die keinen ruhigen Platz für ihre Zärtlichkeiten fänden. Alexander stieß den Fahrer an.

«Bitte beeilen Sie sich.» Schließlich mußte er morgen früh wieder arbeiten, den Kittel überstreifen und zum heilenden Arzt werden. Schwester Birgit hatte vielleicht Spätschicht, dann würde ihr eine schlaflose Nacht nichts ausmachen, aber er stand unter Zeitdruck er hatte die Initiative zu ergreifen, wenn er etwas wollte.

Sie wollte noch was trinken. Als ob sie noch eine Pause brauche, eine Verzögerung, vielleicht um sich alles noch einmal zu überlegen. Diese Zweifel der Frauen, ob sie ihre Hingabe womöglich noch zu billig abgeben, dabei wäre immer noch ein höherer Preis möglich. Wie bei allem. Sie nippten preisgünstigen Cognac, spülten den Mund, eine Altherrendesinfektion zur Vorbereitung des nächsten Aktes, damit man weiß, wo die Begierde brennt.

Alexander begann Birgit auszuziehen. Sie zierte sich, löschte erst das Licht, so daß nur ein paar ausgedünnte Strahlen von der Straße eindrangen und sich auf ihrem nackten Körper widerspiegelten. Das Licht reichte, um zu erkennen, wie schön sie war, ein ebenmäßiger Leib, schlank und groß, von keinem Makel entstellt. Ihre Brüste, knapp eine Handvoll, damit eher bescheiden, aber genug, um seine

Männlichkeit wie ein Klappmesser hochschnellen zu lassen; das Becken und der Hintern breiter, als die Kleidung geschmeichelt hatte, trotzdem ein begehrenswerter Körper, der sich in seinen Händen wand, er brauchte sich beim Küssen kaum zu bücken, so groß war sie. Endlich wieder eine Frau. Alexander kratzte sie mit seiner Uhr. Ein Versehen. Er hatte vergessen, sie mit auszuziehen. Der Mond auf dem Zifferblatt versteckte sich, als weigere er sich zum Zeugen zu werden. Vorsichtig legte Alexander die Uhr auf den einzigen Tisch und konzentrierte sich wieder auf die Frau aus Fleisch und Blut. Sie genoß seine zärtlichen Hände, die frech über ihre italienisch gebräunte Haut fuhren, hielt sich aber selbst zurück. Alexander wollte, daß sie ihn ebenfalls berührte, ihn in die Hand nähme, oder gar mehr. Sie ließ sich unterhalb der Brust nicht küssen. Was soll's. Alexander schnupperte in ihrem Nacken. *Virgin, the new fragrance for women*, wenig Eigengeruch. Die wie leichte Schwellungen hervortretenden Brüste massierte er zart und sorgfältig, tastete den Bauch und strich über die Hüften, bis ihr der Atem stockte. Sie lag auf dem Rücken, der heiße Heidenkörper bereit, missioniert zu werden. Alexander drang in sie ein, rieb sich in ihrer feuchten Enge. Verhalten wie ein junges Fohlen stöhnte sie auf, schon im Nebenzimmer wäre keiner mehr gestört worden. Mit Kraft hielt er dagegen, suchte seinen Rhythmus, ließ das ganze Gewicht seines Körpers in ihrem Becken arbeiten. Irgendwie schien sie kurz vorm Weinen, aus welchen Gründen auch immer. Um ihr Zeit zu lassen, bemühte sich Alexander um Selbstbeherrschung, rang sich zweistellige Zahlen ab, multipliziert zu trockenen, mißgebildeten Gerippen, aber sofort wurden sie schon wieder bedeckt mit Fleisch und Blut und Haut, das er überdeutlich unter sich spürte. Er wurde zum Wellenreiter, eine Hand auf der Brust, die ausgefahrene Warze zwischen den Fingern, mit der anderen hielt er sich an ihrer Hüfte, um im feuchten Rodeo nicht abgeworfen zu werden. Jede Orientierung hatte er verloren, wußte nicht, wie weit sie vielleicht war, worauf er noch warten sollte oder ob es ihr schon reichte. Jetzt bloß keine Fragen stellen, bloß nicht reden, am besten bleiben die Lider geschlossen. Da, wo sich die aufgehitzten Leiber trafen, wo sie aneinander lagen, spürte er ihren Schweiß, wie ein dünner Leim, der sie zusammenfügen sollte, eins aus ihnen machen sollte. Die Erregung rollte über seinen Körper, brach aus dem schwachvergitterten Zahlenkäfig, ließ sich nicht mehr halten, war nicht mehr zu stoppen, im Gegenteil, immer wilder raste sie wie ein ungebremster Rennsportbolide ins Ziel.

Alexander fühlte sich leer und schwer. Aufmerksam paßte er den geeigneten Moment ab, als ihre Körpersprache endlich die Entfernung erlaubte. Zufrieden drehte er sich auf die Seite. Damit war einem alles egal, in diesem wohligen Zustand hätte er sterben können. Es hätte ihm nichts ausgemacht. Vielleicht ist es jetzt sogar schon so weit, dachte er, und fiel in ein bodenloses schwarzes Nichts.

Benommen tastete Alexander nach seiner Uhr. Da lag nichts. Ach ja, auf dem Tisch. Durch das Fenster schien der Tag schon grau. Um die Zahlen des Weckers zu entziffern, verdrehte er den Kopf, und es traf ihn wie ein Stich ins Herz. Sofort war er hellwach, saß aufrecht, war im Geiste schon angezogen, als er registrierte, daß sein Arbeitstag bereits vor einer halben Stunde begonnen hatte. Keine Zeit für Erklärungen, keine Zeit zum Duschen, essen oder ähnlichem Luxus, nichts wie weg. Peinlich, diese hektische Eile, sie war seiner nicht würdig. Stationsarzt Dr. Stern springt herum wie ein aufgescheuchtes Huhn. Was ist mit den Gerüchen, diesen verräterischen Spuren der körperlichen Liebe, die wie kalter Rauch in allen Poren klebten. Keine Zeit sich zu waschen, höchstens etwas parfümieren, wie am Hofe Louis XIV., als dem Adel die Haut vor lauter Puder und Parfum abgeblättert sein muß wie alter Lack. Sie hatte nur solche modischen, süßlichen Düfte, Virgin war noch der Beste. Das würde jeder erkennen, sofort.

«Nein, ich habe leider keine Zeit mehr, ich müßte doch schon längst in der Klinik sein. Nein, kein Frühstück, auch keinen Kaffee, vielen Dank.» Er drückte ihr noch einen kurzen Kuß ins Gesicht. Nichts wie los.

«Guten Morgen Herr Kollege, wir haben uns schon Sorgen um Sie gemacht.» Sehr besorgt sah er allerdings nicht aus, der Oberarzt.

«Tut mir schrecklich leid, ich habe verschlafen.»

«Das sieht man. Die Chefsekretärin rief schon bei Ihnen zu Hause an, aber es nahm keiner ab.»

«Da sehen Sie, wie tief ich geschlafen haben muß.» Der Oberarzt lachte.

«Na dann aber mal ran an die Arbeit.»

Alexander überprüfte die Medikamentendosen der Patienten. Birgit hatte Spätdienst, eine Kollegin assistierte ihm. Er achtete auf ausreichenden Abstand, wie dicke Schwaden schien der Geruch der letzten Nacht aus seinen Kleidern aufzusteigen, aus dem Hemd zu kriechen und seine Nase zu kitzeln. Er ertappte sich bei dem Wunsch, die unschuldige Krankenschwester möge an einem schweren Schnupfen erkrankt sein, der ihre Riechzellen wenigstens heute lähmen möge. Sie sah ihn fragend an, als er Distanz hielt, wie vor einer gefährlichen Infektion. Die Krankenschwester war blaß und mollig. In diesem Moment schien es nur schlanke, sonnengebräunte, attraktive oder dicke, käsig-bleiche Schwestern zu geben, nichts dazwischen. Gerade weil er sie so wenig anziehend fand, wollte er unter allen Umständen verhindern, daß diese junge Frau etwas über ihn und Schwester Birgit erführe. Und so vertiefte er sich in die Schriftstücke, in denen die Behandlungen seiner Patienten fein säuberlich dokumentiert waren. Pedantisch genau wurde sogar beschrieben, wen Iris Stich verführt hatte, und wo. Sofort fühlte er eine ungewollte Hitze auf der Haut, die ihn befürchten ließ, daß die letzten Moleküle der vergangenen Nacht als Dampf aufsteigen und ihn verraten könnten. Alexander stand auf und öffnete das Fenster. Von den Bäumen tropfte es in sattem Grün. Begierig sog er die frische Luft ein. Beim Ausatmen verströmte er kleine Dampfwölkchen. Er kehrte zurück, setzte sich, las wieder in den Akten und gab der Krankenschwester gelegentlich Anweisungen. Der elefantengleiche Gleichmut war aus ihrem Gesicht gewichen, auf der rauhen Haut wuchsen kleine rote Pickelchen unter den Haaren, die Zähne klapperten, sie fror ganz offensichtlich. Schließlich bat sie Alexander das Fenster schließen zu dürfen. Ohne zu wissen warum, empfand er das als Sieg.

Mittags erschien Schwester Birgit, adrett gekleidet wie immer, ausgeruht und sauber strahlend. Er sah aus dem Fenster und beobachtete sie. Sie hatten nichts abgesprochen. Was bedeutete das, eine Nacht. Was bedeutete es ihr. Und wenn es mehr gewesen wäre, dürften sie es zeigen, in der Klinik, unter den neidischen, mißmutigen Augen der Mitarbeiter. Nein, beschloß Alexander.

Die muffligen Gesichter ließen die Ärztekonferenz, in der außergewöhnliche Fälle besprochen wurden, immer wie eine Selbsthilfegruppe Depressiver erscheinen. Der Oberarzt bat Alexander, Iris Stich vorzustellen. Alle Augen richteten sich auf ihn. Sein Widerstand war hoffnungslos, in der Medizin herrscht Gehorsam, vor allem, wenn die Aufforderung durch den Oberarzt erfolgt.

«Nun ... äh», stotterte Alexander, «bei Frau Stich liegen gleich zwei seelische Störungen vor ...» Die ersten Arme wurden vor der Brust verschränkt.

«Zum einen handelt es sich um ein Suchtproblem mit

mehreren Substanzen ...» Mira rauchte Marihuana, war sie auch süchtig?

«Dafür gibt es einen Fachausdruck, Herr Kollege.» Der Oberarzt soufflierte hinter seinem Bart.

«Ja, danke, sie leidet an einer Polytoxikomanie. Weiterhin besteht bei ihr eine Nymphomanie ...»

«Woher weißt du das, hast du sie getestet?» Da hatte einer die Lacher auf seiner Seite. Alexander wurde rot.

«Die Problematik wurde bereits vor Beginn meiner Tätigkeit ausreichend belegt.» Er fing sich, ergriff den roten Faden und ließ irgendeinen Automaten in seinem Kopf weiterreden. Zusammenhang der beiden Störungen, eine krankhafte Neigung zu Grenzerfahrungen, vielleicht eine Folge fehlender Zuwendung im Kleinkindalter, mangelhafte Beziehungsfähigkeit und mögliche Komplikationen wie Vergiftungen und Infektionen. Die ganze Litanei rauf und runter, medizinische Erkenntnisse aufsagen wie Gedichte, eben das anwenden, was wirklich im Studium gelernt und in wichtigen Prüfungen verlangt worden war, damals noch ungestört durch unberechenbare Patienten. Alexander setzte sich.

«Vielen Dank, Herr Kollege. Noch Fragen?» Der Blick des Oberarztes drehte eine kurze Runde. Bestanden.

Sie kehrten auf ihre Stationen zurück. Schwester Birgit kam ihm strahlend entgegen. Bevor Alexander etwas sagen konnte, hatte sie ihm einen Kuß auf den Mund geklebt, ein Zeichen gesetzt.

«Hallo», hauchte sie.

«Ich wußte es», sagte der Oberarzt neben ihm.

«Was?» fragte Birgit und legte den Arm um Alexanders Kittel.

«Ich wußte, daß Dr. Stern die Nymphomanie von Frau Stich nicht selbst getestet hat.» Birgit lachte schallend.

«Die stinkt doch wie eine Ziege.» Jetzt lachte auch der Oberarzt. Alexander versuchte mitzulachen.

«Alles Geschmackssache», prustete der Oberarzt aus seinem Bart und wurde mit einem erneuten Anfall belohnt. Alexander wünschte sich weg.

Sie verstand nicht, warum er sauer war.

«Was soll das», fragte Birgit, «wir mögen uns, es ist schön mit uns, warum sollen wir das denn verstecken? Wir sind doch nicht abartig oder so was. Oder schämst du dich wegen mir? Vielleicht, weil ich bloß eine kleine Krankenschwester bin.»

«Ach hör auf, das ist es nicht ...»

«Wieso bist du dann so unfreundlich?» Sie trat an ihn heran, schlang die Arme um seinen Nacken wie ein Seil und verlangte einen Kuß. Es gab kein Zurück, zu deutlich hatte sie es allen gezeigt. Also konnte er nur bezahlen, immerhin winkte eine neue Nacht in ihrem Bett.

I I Die Treffen mit Birgit häuften sich, jede Begegnung schaffte eine neue Bindung, wild wuchernde Fäden, verschlungen wie ein Spinnennetz, wuchsen heran wie eine neugeborene Welt. Es gab kein Zurück, das ganze Krankenhaus wußte über sie Bescheid.

«Wann dachten Sie eigentlich daran, Ihre schöne Verbindung offiziell zu bestätigen?» fragte ihn eines Morgens der Oberarzt, als sie vor der Visite kurz allein waren. Alexander hatte keine Pläne.

«Immerhin arbeiten wir hier in einem christlichen Haus, wenn auch die Sitten nicht mehr so streng sind wie früher, so tragen wir immer noch eine gewisse Verantwortung den Patienten und der Gesellschaft gegenüber. Eine wilde Ehe paßt nicht zu den Grundsätzen einer christlichen Lebensführung. Sie gefährdet das moralische Fundament der Klinik. Als Sie hier angefangen haben, mußten Sie doch eine

Erklärung unterschreiben ...» Alexander erinnerte sich. Aber war das nicht eher eine Formalie gewesen, hatte ihn der nette Oberarzt seinerzeit nicht selbst dahingehend beruhigt?

«Schwester Birgit ist eine äußerst attraktive junge Frau, viele in Ihrer Situation würden sich glücklich schätzen, eine solche Braut zu haben.» Also das war es. Das hätte er sich ja gleich denken können. Natürlich war Birgit attraktiv und reizte ihn, vor allem körperlich, aber wenn sie seinem Drängen nachgab, immer ein wenig ängstlich, vorsichtig, als könne jede heftige Bewegung, jeder allzu feste Griff ihre Schönheit beschädigen, dann vermißte er etwas. Gut, sie ging ins Bett mit ihm, aber nur so, wie sie es für vertretbar hielt, also keine Experimente, keine fremden Spielereien. Die Abkehr vom Missionar bedeutete für Birgit den Beginn der Perversion.

Nun war er gefordert. Er sollte sich für sie entscheiden, für eine erotische Krankenhausmannskost, die zwar ohne Höhenflüge auskommen mußte, aber die wenigstens satt machte wie karg angerührte Pasta. Mit Mira war es anders gewesen. Er betrachtete seine Uhr mit dem kleinen Mond, der seine Runden zog und zunahm, dick werden wollte. Mira war aber nicht da. Entweder entschied er sich jetzt für die Krankenschwester, die ihn liebte, oder er riskierte allein zu bleiben. Wenigstens hatte er von Birgit nicht zu befürchten, daß sie ihn beinahe zu Tode bringen würde vor Leidenschaft.

«Der Kollege von der Aufnahmestation bat mich vorhin, Sie zu fragen, ob Sie seinen Nachtdienst heute übernehmen können», sagte der Oberarzt.

«Kein Problem», antwortete Alexander. Der große Vorteil der Krankenschwester als Partnerin: sie weiß immer, daß sie den Arzt/Mann mit anderen teilen muß, praktisch jederzeit. Dabei dürfte das Teilen gegenüber dem Pflegen für die Krankenschwester doch schon einen beachtlichen Fortschritt darstellen.

Die Nachtbereitschaften waren meistens ruhig: ein oder zwei Alkoholiker, die ihre rechte Dosis nicht gefunden hatten und schon halb im Koma liegend eingeliefert wurden; oder das Gegenteil, sie versuchten einen Entzug auf eigene Faust, und ihr Körper, der die Droge seit Jahren in seinem Stoffwechsel mit verplant hatte, wand sich unter der allzu plötzlichen Umstellung in Krämpfen und stürzte ihren Geist ohne den gewohnten Klaren in ein trübes Delir. Nur selten kamen nachts wirklich Wahnsinnige, gequält von ruhelosen Stimmen, die ihre traurige Existenz gehässig kommentierten und boshaft Bluttaten forderten oder gescheiterte Selbstmörder, deren Leben von peinigender Schwermut so vergiftet schien, daß sie es nur noch weit, weit wegwerfen wollten.

Das war eher die Ausnahme und so rechnete Alexander mit einem langweiligen Abend vor dem Fernseher im Dienstarztzimmer, gelegentlich unterbrochen von ängstlichen Anrufen unerfahrener Nachtwachen, die erfahrungsgemäß für jedes Beruhigungsmittel den ärztlichen Segen erbaten. Das Programm war armselig, Alexander entschied sich für ein Melodram. *Nur über deine Liebe*, bekannte Fernsehschauspieler in einer ausweglosen Dreiecksgeschichte, das versprach doch einiges. Als er einschaltete, verabschiedete sich auf dem Bildschirm gerade der erfolgreiche Unternehmer in den besten Jahren von seiner properen Ehefrau, die Tennisspielen ging. Der Unternehmer, ein Produzent von Sanitärartikeln der Luxusklasse, traf sich mit einer attraktiven Werbegraphikerin. Sein Interesse an ihr war nicht nur beruflicher Natur, obwohl sie über ihre Arbeit für sein Unternehmen sprachen.

Das Telefon klingelte. Alexander meldete sich. Es war Birgit.

«Ganz ruhig bis jetzt, sogar etwas langweilig.»

«Ich vermisse dich.»

«Das Schicksal von Arztfrauen.» Der Unternehmer saß mit der Werbegraphikerin in einem Edelrestaurant und kippte Wein.

«Arztfrauen? Soll das ein Antrag sein?» Der Unternehmer küßte die Werbegraphikerin.

«Eine Frau, die mit einem Arzt zusammen ist, ist eine Arztfrau, egal ob verheiratet oder nicht.» Der Unternehmer und die Werbegraphikerin lagen auf einem Bett und begannen sich auszuziehen. Sorgsam vermied die Kamera den Blick auf die Brüste der Reklamefrau.

«Das seh ich anders, schade. Manchmal verstehe ich dich nicht. Worauf wartest du eigentlich?» Beide waren nackt und nach einem leidenschaftlichen Kuß begann der Unternehmer auf der Werbegraphikerin auf und ab zu ruckeln.

«Ich weiß nicht.» Eine müde Antwort, aber was sollte er sagen, er konnte ihr doch nicht erklären, daß er sich mehr wünschte von ihr, daß ihm etwas fehlte, obwohl sie sich ihm hingab, so gut sie konnte, noch dazu sicher häufiger, als sie es selbst brauchte. Alexander sah auf die Uhr, legte den Finger auf den übergewichtigen kleinen Mond. Der Unternehmer schien ausgepumpt, er lag auf dem Rücken wie ein Käfer, die Werbegraphikerin ruhte in seinen Armen, ihre Zigarette umkringelte Rauch.

«Na ja, du bist ein zäher Brocken.» Der Tennislehrer flirtete mit der Frau des Unternehmers, sie widerstand seinen Avancen. Es klopfte.

«Ich muß jetzt Schluß machen, da ist jemand an der Tür.»

«Ich wünsch dir noch einen ruhigen Dienst.»

«Danke.» Die Frau des Unternehmers versuchte ihren Mann telefonisch zu erreichen. Alexander legte auf.

«Herein.» Sie war blaß und ruhelos wie immer. Mit matten Augen starrte sie ihm ins Gesicht.

«Was gibt's, Frau Stich?» Sie trat sofort ein, ohne Aufforderung, und ging so nah auf ihn zu, daß er unwillkürlich einen Schritt zurücktrat.

«Ich fühle mich innerlich so unruhig, ich halte das nicht mehr aus.» Da war er wieder, dieser intensive Schweißgeruch, wirklich nicht schön zu nennen, aber er legte sich wie Chloroform über sein Gesicht und übertrug ihre Rastlosigkeit, eine sonderbare, ansteckende Erregung.

«Waren Sie schon bei der Nachtwache, haben Sie sich ein Beruhigungsmittel geben lassen?» Sie lachte, entblößte schadhafte Zähne mit dunklen Flecken, zwischen denen ihre Zunge lüstern spielte. Die Frau des Unternehmers hielt ihm ein gebrauchtes Hemd unter die Nase und machte ihm wegen fremder Lippenstiftspuren eine Szene. Iris Stich zog langsam ihren Pulli über den Kopf. Darunter war sie nackt. Ihre kleinen Brüste hingen wie ein weicher Saum mit roten Knöpfen. Ihre Ausdünstungen waren überwältigend, scharf brannten sie sich durch seine Nase und drangen in Alexanders Stammhirn.

«Untersuchen Sie mich», sagte sie und stieg aus ihrer Hose. Sie war splitternackt. Sein Blick wurde von dem rotgelockten Dreieck magisch angezogen. Er witterte es, roch es und spürte, wie seine Nervenbahnen den Reiz in seinen Unterleib leiteten, bis er in die Spitze seiner Männlichkeit eindrang, die sofort mit voller Härte reagierte. Iris Stich legte sich auf die Untersuchungsliege. Wie in einem Traum prüfte er ihre Reflexe, ohne ein Ergebnis beobachten zu können, zu sehr zerrten ihn die Hormone. Sensibilität ließ sich auch testen, wahrscheinlich war es sowieso egal, was er jetzt machte, und so strich er über die weiße Haut ihrer Oberschenkel, wie auf einem Gleis geradewegs in den rot umwachsenen Bahnhof. Sie ergriff seine Hände, lotste sie weiter auf der vorbestimmten Strecke. Seine Finger erkundeten vorsichtig ihr weiches Loch, tasteten sich durch die Lippen. Er trat näher an die Liege, bis in ihre Reichweite. Sie griff sofort zu, umschlang sein stoffverpacktes Glied und nestelte an seinem Gürtel. Mit einem Anflug von Gewalt rammte er seinen Finger in ihren heiß-klebrigen Schleim. Sie stöhnte wie ein brünstiger Stier. Seine Hose rutschte, er stand frei, sie kniff seine Hinterbacke, so daß er unwillkürlich sein Becken nach vorne bäumte, ihre Zunge leckte den zähen Tropfen auf seiner Eichel, dann schnappte ihr Mund den ganzen Ständer und saugte wie ein Baby nach drei Tagen Fasten. Er steckte den zweiten Finger rein, den Dritten drängte er ihr in den Darm. Ihr Becken zitterte vor Lust, stöhnend mampfte sie sein Geschlecht, zog es bis in den Hals. Er spürte den Saft aufsteigen. Sie ließ ihn los.

«Mach's mir, bums mich», hauchte sie heiser. Alexander zog sein Hemd aus, streifte den Arztkittel über. Der weiße Stoff stand ihm gut. Sie zog ihn an sich heran. Er mochte ihr nicht ins Gesicht sehen, schob ihre Schulter zur Seite, willig ließ sie sich drehen, rutschte mit den Füßen auf den Boden, die Beine gespreitzt. Sie streckte ihm den schneeweißen Hintern entgegen, zwischen den Haaren klafften die tropfnassen Lippen. Er glitschte bis zum Anschlag hinein, sein Kittel umhüllte sie wie ein Schleier, sie fanden sofort einen Rhythmus, steigerten sich mit tiefem, geilem Grunzen einem schwindelnden Höhepunkt entgegen, sein Becken schlug hart auf ihr Hinterteil, bis es keinen Weg zurück gab, bis der Samen in Salven aus ihm schoß, leerpumpte, noch und noch, als das Telefon klingelte. Alexanders Kopf arbeitete schon, die letzten Stöße waren noch nicht verklungen. Er löste sich von ihr, sprang ans Telefon. Im Fernseher wurde der Unternehmer gerade von seiner eigenen Frau in der Badewanne erschossen.

«Kommen Sie schnell, ein Notfall.» Alexander schlüpfte in die weißen Clogs und knöpfte im Hinausgehen seinen Kittel zu. Ein Notfall, offenbar sehr dringend, da blieb keine Zeit für Etikette, der Arzt hat sich zu beeilen, notfalls die Blöße nur notdürftig bedeckt, so muß er zu dem Patienten hasten. Er schob Iris Stich aus dem Arztzimmer, die gerade noch ihre wenigen Kleidungsstücke zusammenraffen konnte, bevor er das Schloß der Tür einschnappen ließ.

Die Schuhe klapperten hallend über den leeren Flur, keinen Fahrstuhl, viel zu langsam, war im Nachtdienst außerdem verboten, damit der Diensthabende nicht mit ausfiele, wenn der Fahrstuhl steckenbliebe, was für eine Vorstellung. Er nahm drei Stufen auf einmal, rutschte ab, sein Knie schlug auf die Kante. Der Schmerz raubte ihm die Luft, lähmte sein Bein. Humpelnd rannte er auf die Station.

«Gut, daß Sie so schnell kommen konnten», sagte die Nachtwache, eine Medizinstudentin im zweiten Semester. Bei ihr lief auch der Fernseher. Auf dem Bildschirm tobte der Showdown: die Unternehmersfrau rang auf einem Hochhausdach mit der Werbegraphikerin.

«Was gibt's?» Alexander rang nach Luft.

«Eine Patientin ist spurlos verschwunden.»

«Wie verschwunden?» Die Werbegraphikerin schubste gerade die Unternehmersfrau vom Dach.

«Sie ist plötzlich weg. Ich sah mir gerade einen spannenden Film im Fernsehen an, und als ich meinen Rundgang machen wollte, war sie nicht mehr in ihrem Zimmer.» Alexander hatte einen Verdacht.

«Um welche Patientin handelt es sich?» Jetzt tauchte der Tennislehrer auf dem Hochhaus auf und machte der Werbegraphikerin Vorwürfe.

«Sie heißt Iris Stich und ist drogenabhängig, deshalb habe ich Sie gleich verständigt, weil ich mir Sorgen machte ...»

«Warum haben Sie das nicht bereits am Telefon gesagt. Das ist doch kein Notfall, jedenfalls geht es nicht um Leben und Tod.»

«Tut mir leid, Herr Doktor, aber ich wußte nicht ...»

Der Tennislehrer kämpfte mit der Werbegraphikerin, die versuchte, ihn ebenfalls herunterzustoßen.

«Überprüfen Sie bitte das nächste Mal vorher, wie dringend Ihr Notfall ist.»

«Tut mir leid. Ihr Kittel, er ist falsch geknöpft.» Alexander sah an sich herunter. Tatsächlich, am Kragen ragte ein herrenloser Knopf, ein passend freies Loch fand sich erst am anderen Ende, wo seine nackten Beine aus dem weißen Stoff ragten.

«Ich mach Ihnen das eben ...»

«Nein», sagte Alexander eine Spur zu laut und trat zurück. Die Werbegraphikerin saß auf dem Bauch des Tennislehrers und versuchte ihn zu würgen. Der schlug sie mit einem Tennisschläger nieder.

«Wie Sie wollen, Herr Doktor.»

Alexander sah noch, wie die Nachtwache die Nase rümpfte, als er eilig davonhumpelte.

12 Der Oberarzt wurde Alexanders Trauzeuge, Birgit strahlte in noch schönerem Weiß, klassisch schön wie eine römische Göttin, und Alexander ließ alles über sich ergehen, die Glückwünsche, die Feier im engeren Kreis und die Tatsache, daß mehr Mitarbeiter der Klinik eingeladen waren als Familienangehörige. Birgit versicherte allen, wie glücklich sie doch sei, und die ältliche Pflegedienstleiterin heulte bei der Trauung wie ein Schloßhund.

«Wo ist meine Uhr?» fragte Alexander am nächsten Morgen, als sie das Gepäck im Wagen verstauten.

«Die habe ich zur Reparatur gebracht. Der Mond hat irgendwie geklemmt. Wenn wir aus Italien zurück sind, ist sie bestimmt wieder in Ordnung.» Birgit küßte ihn.

«Du hättest mich wenigstens fragen können.»

«Na hör mal. Ich habe doch gesehen, daß sie nicht

mehr richtig ging und sonst ist mein Mann, der Arzt, auch nicht so scharf darauf, mit allen Nichtigkeiten behelligt zu werden.»

«Das stimmt.»

«Gut. Ich freue mich schon so auf die Fahrt. Italien ist immer wieder schön und jetzt auch noch mit dir ... frisch verheiratet.» Sie küßte ihn wieder.

«Ja, ich freue mich auch.»

«Weißt du, was ich mir jetzt nur noch wünsche?» fragte sie.

«Keine Ahnung.»

«Kinder, mindestens ein halbes Dutzend Bambini, die abends ‹Papi, Papi› schreien, wenn du nach Hause kommst.»

«Ich bin noch nicht soweit», sagte Alexander und wollte auf die Uhr sehen, aber da war nur sein nacktes Handgelenk.

«Schön, wieder im eigenen Bett zu schlafen», sagte sie und ließ sich auf die Matratze fallen. Sie streckte die Arme aus.

«Komm, ich möchte mit dir schlafen.»

«Jetzt?»

«Ja.» Sie zog ihn heran, knöpfte sein Hemd auf und streichelte seine glatte Brust.

«Zieh dich aus», flüsterte sie. Dann küßte sie ihn, streckte ihm den halboffenen Mund entgegen, machte Platz für seine Zunge. Ihre Hände vergruben sich in seinen Haaren und kraulten seine Haut, wie immer streng oberhalb der Gürtellinie. Was konnte er auch anderes erwarten, von einer Frau, die sich niemals das Gesicht mit einem Handtuch abtrocknen würde, das sie vorher unterhalb des Nabels gebraucht hatte. Er grabschte ihre Brust, packte ihre Hüften. Sie wollte seine Lust noch nicht einmal ansehen, sie ließ ihn sofort eindringen, und er verrichtete halblaut seine eheliche

Pflicht. So schnell hatten sie es noch nie hinter sich gebracht. Alexander wollte die Minuten zählen und hielt den linken Unterarm vor sein Gesicht, aber da war immer noch nichts.

«Warum hast du sie nicht abgeholt?»

«Der Laden ist zu.»

«Was heißt das?»

«Sie haben dicht gemacht. Wegen Übergabe geschlossen, steht dran. Das heißt er ist pleite gegangen, als wir in Italien waren.»

«Und meine Uhr?»

«Was weiß ich, wo deine Uhr ist. Ich konnte ja keinen fragen. Ich sagte doch schon, der Laden ist zu.»

«Okajannii! Ich will meine Uhr wiederhaben.»

«Was soll das. Es ist doch bloß eine einfache Armbanduhr. Du verdienst doch gut, was regst du dich darüber auf, kaufen wir dir einfach eine Neue.»

«Ich will aber *diese* Uhr, keine andere.»

Sie stellte sich vor ihn, streichelte seine Wange.

«Manchmal verstehe ich dich nicht», sagte sie zärtlich.

«Frag bei der Handelskammer nach, vielleicht können die uns helfen, sie wieder zurückzubekommen.»

Sie sah ihn mit großen Unschuldsaugen an.

«Ich fürchte, das klappt auch nicht. Ich habe den Zettel verloren.»

«Durazkii korowa!»

«Hör mit dem blöden Russisch auf. Ich kann das nicht ausstehen. Was heißt das überhaupt?»

«Dumme Kuh.»

«Jetzt gehst du zu weit.»

«Nein, ich habe dir so oft gesagt, daß mir diese Uhr viel bedeutet, und du verlierst sie einfach. Das ist nicht nur dämlich, das ist schon fast boshaft», schrie er.

«Wie kann man nur so ein Theater machen wegen einer

Uhr. Du hast sie doch nicht mehr alle», brüllte sie, rannte in die Küche und schlug die Tür hinter sich zu. Damit war die letzte Spur verloren.

Wie erwartet schenkte sie ihm eine neue Uhr zu Weihnachten. Ohne Mond, aber sehr wertvoll, wie sie ihm mehrmals versicherte.

«Ich liebe dich», sagte sie.

«Ich dich auch», sagte er automatisch.

«Ich habe noch eine Überraschung für dich.» Ihre großen Knopfaugen sahen ihn erwartungsvoll an.

«Was denn», wollte er wissen.

«Seit September nehme ich die Pille nicht mehr.»

«Was?» Ihm blieb die Spucke weg, er ließ sie sofort los. «Einfach so, ohne mir ein Wort zu sagen?»

«Ich dachte, du freust dich.»

«Wie kommst du denn darauf, ich habe dir oft genug gesagt, ich will keine Kinder, zumindest nicht, bis ich den Facharzttitel habe.»

«Ich bin jetzt fünfundzwanzig, ich kann nicht mehr so lange warten. Außerdem hat jetzt jemand anderes die Sache für uns entschieden.»

«Bist du etwa schwanger?» Birgit nickte strahlend.

«Ich habe vorhin einen Test gemacht, der ist eindeutig positiv. Ich bekomme ein Kind von dir. Ist das nicht wunderbar?» Alexander setzte sich. Dann stand er wieder auf, um sich einen Cognac einzugießen.

«Ich wollte deiner Entscheidung nur ein bißchen auf die Sprünge helfen.»

«Was ist mit deinem Beruf, willst du nicht mehr als Krankenschwester arbeiten?»

«Ich habe lange genug anderen den Hintern abgewischt, jetzt mache ich es nur noch für unsere Kinder. Ach, ich freue mich so.»

«In der wievielten Woche bist du denn?»

«Heute beginnt die siebte Woche.» Alexander dachte an Mira. Mit der wäre ihm so was nie passiert. Er fühlte sich in die Enge getrieben, war blindlings in die Falle gelaufen.

«Also könnte man noch abtreiben.»

«Das ist nicht dein Ernst.» Der Mäuseausdruck in ihrem Gesicht machte heller Empörung Platz. «Unglaublich, daß du überhaupt daran denken kannst. Was bist du nur für ein Mensch.» Vielleicht hatte sie ja recht, was war er nur für ein Mensch, ein junger Arzt, gute berufliche Aufstiegschancen, verheiratet mit einer bildhübschen Frau, das Familienglück wurde ihm auf einem goldenen Tablett serviert – und was machte er? Ihn packte Panik, er trauerte seinen wilden Jahren nach, sehnte sich nach einer Zeit mit einer kleinen, ausgeflippten Studentin zurück. Vielleicht war er wirklich im Unrecht, aber es blieb dabei, er wollte das Kind nicht.

Birgits Brüste schwollen an, die Warzen wurden fast fingerdick, sie wirkte weiblicher und attraktiver denn je. Alexander mochte es, an ihren neuen Rundungen mit den Händen entlangzukurven. Birgit wurde immer empfindlicher, mochte kaum noch angefaßt werden, so als könne seine Berührung ihrem Baby schaden, für das sie schon voller Vorfreude eine Erstausstattung zusammenstellte. Sie gab sich ihm auch nicht mehr hin. Wie Geschwister lagen sie Nacht für Nacht aneinandergekuschelt. Alexander wartete gewöhnlich, bis ihm ihr leichter, regelmäßiger Atem zeigte, daß sie eingeschlafen war und erleichterte sich selbst. Während er mit der Vorhaut spielte, dachte er an interessante Frauen, denen er auf der Straße begegnet war, rief sich den betörenden Geruch von Iris Stich ins Gedächtnis zurück oder versuchte, sich an Miras lautstarke Lust zu erinnern. Nein, das war nicht das, was er sich unter einer Ehe vorgestellt hatte: ein Zölibat unter verschärften Bedingungen, mit einem provozierend attraktiven Frauenkörper an seiner Seite, in dem ein Kind heranwuchs, für das er sich noch nicht reif fühlte. Oder wollte er nur von dieser Frau kein Kind, er spürte nur: so nicht.

Hatte er denn schon alles gelebt, war die Erotik für ihn vorbei, hatte er sie mit der Hochzeit verkauft, aufgegeben, um sie in dem ewigen Verlies der Ehe verkümmern zu lassen? Dazu war er nicht bereit. Alexander suchte nicht nach einem Weg, seine Ehe zu brechen, aber er hielt die Augen wieder offen, für schöne Frauen. Alexander, der nie ein großer Nachtschwärmer gewesen war, begann abends allein auszugehen.

Birgit hatte sich hinter einem Buch verschanzt, *Das Wissen des Ungeborenen* und war wieder einmal unnahbar, als er ihre Zurückweisung nicht mehr aushielt und durch die Altstadt schlenderte, in der ein warmer, hoffnungsvoller Frühlingswind wehte. In einem Café trank er einen Irish-Coffee und betrachtete die Vorübergehenden. Als der Alkohol sein Blut erwärmte, wunderte er sich, wie viele attraktive Frauen unterwegs waren. Seine Stimmung besserte sich mit jedem Schluck und jeder Passantin, deren Kleidung ihre Körperform betonte. Er hätte stundenlang zusehen können, wie die Kellnerin bediente, eine Studentin mit schmalem Gesicht, in hautengen Jeans und einem T-Shirt, das so knapp war, daß der Bauchnabel frei blieb. Irgendwo hatte er einmal gelesen, daß das in irgendeiner Kultur bedeutete, die Frau sei paarungsbereit. Am meisten mochte er den Moment, wenn sie sich hinunterbückte, um Gläser oder Tassen abzustellen. Hatte sie ihm den Rücken zugewandt, dann spannte der blaue Stoff so fest über ihrem Hintern, daß er schier zu platzen drohte und im letzten Moment des Bückens zeichnete sich der Ansatz ihrer Spalte ab. Ob sie überhaupt einen Slip trug. Alexander verspürte mit Wohlgefallen seine Erektion unter dem Tisch. Unauffällig schob er die Hand in die Hosentasche und massierte vorsichtig seinen Steifen, während er mit der anderen Hand ungerührt die Tasse zum Mund führte. Wenn sie ihm das Gesicht zuwandte, dann wölbten sich ihre kleinen, fast knabenhaften Brüste hervor, wie Klingelknöpfe drückten sich die steifen Warzen in die Baumwolle. Alexander bestellte noch einen Kaffee mit Schuß, gleichzeitig drückte er die Eichel, rieb vorsichtig, bis ihm sein harter Ständer die Hose zu sprengen drohte. Vom Whiskey selig und betäubt erinnerte er sich daran, wie er früher ein solches Verhalten verachtet und verurteilt hätte, eines gesunden Mannes nicht würdig. Er lachte. Wozu die Ehe führen kann, in guten wie in schlechten Tagen. Heute sollte ein guter Tag werden und zum krönenden Abschluß wollte er diese Frau, nein, er brauchte sie regelrecht. Diese verdammte Enthaltsamkeit ließ ihn nur in sinnloser Trauer versinken.

«Haben Sie heute noch etwas vor?» fragte er sie bei der nächsten Bestellung.

«Was geht Sie das an», antwortete sie schroff. Natürlich, er hatte es verlernt, eine Frau kennenzulernen, aufzureißen, anzubaggern und abzuschleppen. Kein Wunder, daß es erst mal in die Hose ging. Apropos, die Erektion stand weiter wie eine Eins.

«Weil Sie mit mir ausgehen werden», sagte er. Sie lachte. Ein herzliches Lachen, ungebändigt und frei. Wenn sie vögelt, wie sie lacht, könnte es eine wunderbare Nacht werden. Kann man am Verhalten eines Menschen erkennen, wie er liebt? Schäumt das Temperament in der dunklen Halbwelt der Geilheit genauso über wie im kalten Licht eines Szenecafés?

«Wie kommen Sie auf so etwas.» Er hatte sie an der Angel, das spürte er. Aber wie ging es um Himmels willen weiter? Er durfte sie nicht mehr entkommen lassen, er mußte ihr Interesse wecken, sie faszinieren, denn die schlimmste Sünde eines Mannes bei einer Frau war Langeweile. Das hatte ihm Mira einmal gesagt. Er sah ganz gut aus, aber das reicht für

Frauen nicht, sie erwarten etwas Besonderes. Seine Nervenzellen arbeiteten fieberhaft an einem Schlachtplan, zwischenzeitlich bemühten sich seine Mundwinkel um ein verführerisches Lächeln.

«Ich bin ein außerirdischer Forscher und habe nur vierundzwanzig Stunden Zeit, das Verhalten von Menschen zu studieren.» Sie lachte schallend. Dabei zeigte sie ein Gebiß wie ein Raubtier: kleine Schneidezähne, aber lange, spitze Eckzähne.

«Wo kommen Sie denn her?» fragte sie und beugte sich zu ihm herab. Ihre dunkel geschminkten Augen lächelten spöttisch mit. Ein gutes Zeichen.

«Ich stamme von Amor Vier, einem Planeten aus dem Sternbild der Jungfrau. Diesen Körper habe ich nur geliehen. Morgen früh muß ich ihn zurückgeben, sonst zerfällt er zu Staub.» Mit einer bizarren, wurmartigen Bewegung, die er sich bei einem neurologischen Patienten abgeguckt hatte, drehte er seinen Arm, als gehöre er nicht zu ihm.

«Dieser Körper steht mir doch ganz gut», sagte er und stand auf. Sie konnte sich ein Grinsen nicht verkneifen.

«Was studieren Sie eigentlich?» Ihr Gesicht geriet ins Rutschen, er hatte sie überrumpelt.

«Pädagogik», sagte er, einer plötzlichen Intuition folgend.

«Nicht ganz. Ich bin im siebten Semester Psychologie.» Auweia, das tat fast weh. Egal, jetzt wollte er nicht mehr zurück.

«Ich hole Sie dann ab», sagte er.

«Halb eins.» Sie ging zur Theke, wo ein kleiner, südländisch aussehender Kellner wild mit ihr gestikulierte.

Es war schon viertel vor, als sie endlich vor ihm stand.

«Ich hatte nicht geglaubt, daß Sie wirklich kommen», sagte sie.

«Oh, wir von Amor Vier sind da sehr genau, wenn wir sagen wir kommen, dann tun wir es auch.»

«Und? Wo soll es hingehen?»

«Mit meinen Röntgenaugen sehe ich eine nette kleine Nachtbar, ganz in der Nähe.»

Immer noch das gleiche rote Samt unter Qualm, cooler Jazz und eine Handvoll Versprengter, die den Absprung ins Bett verpaßt hatten, Strandgut der Nacht.

«Hier hätte Charlie Parker auftreten können», sagte sie. «In so einem Schuppen stelle ich ihn mir immer vor, wie er dasitzt, mitten in der Nacht die Sonnenbrille auf der Nase, damit keiner sieht, wenn ihm vor Müdigkeit die Augen zufallen.»

«Wer ist Charlie Parker?» Sie lachte.

«Sie müssen tatsächlich von einem fernen Planeten kommen.» Er wußte es wirklich nicht. Sie kramte ihren Tabak hervor und drehte sich eine. Noch so ein Vorteil des Rauchens, vor allem selbstgedreht: Man beschäftigt sich, erkennbar für jedermann und das Gegenüber ist am Zuge, muß sprechen. Dabei schien sein Hirn wie leergefegt. Er nuckelte an seinem Longdrink. Der *Venus' Love Juice* funkelte mörderisch rot und schmeckte süß wie eine ausgequetschte Amarenakirsche. Sie rauchte und wippte im Rhythmus der Musik. Ihre Wangen zogen sich zusammen, als sie an der Zigarette sog. Wieso stellte er sich bei jeder rauchenden Frau gleich vor, wie sie statt der Zigarette seinen Schwanz zwischen den Lippen halten würde.

«Mögen Sie Jazz?»

«Ich kenne ihn kaum», antwortete er. Wunderbar, wie ihre kleinen Brüste mitwippten, mit jedem Beckenschlag.

«Was für ein Solo», sagte sie.

«Ja», antwortete er und mußte ständig auf die flachen Kegel unter ihrem T-Shirt starren.

«Ich heiße Al, Al Star», sagte er und hielt ihr das Glas hin.

«High, ich bin die Jenny.» Klirrend stießen sie an. Soweit war er mit Birgit hier auch gekommen, aber was nun?

«Komm, laß uns tanzen», sagte sie. Er konnte sich überhaupt nicht vorstellen, wie man zu dieser nervösen, unregelmäßigen Musik überhaupt den Körper bewegen konnte. Aber irgendwas mußte er ja tun, um sie rumzukriegen, und so ließ er sich aus dem roten Samtsessel ziehen. Auf dem Weg zu den Toiletten war der Gang erweitert und diente offenbar als Behelfstanzfläche. Ein Paar wiegte sich wie in Zeitlupe zu dem Geräusch eines Saxophons, das klang, als werde es von afrikanischen Söldnern gefoltert. Jenny zappelte mit dem Saxophon, ihre Arme zuckten, als simuliere sie einen epileptischen Anfall. Alexander erinnerte sich an Nervenkranke und versuchte ihre Bewegungen zu kopieren. Offenbar war ihm das gelungen, denn sie lachte lauthals. Wenigstens mußte er so nicht reden.

Jenny lebte in einer Wohngemeinschaft. Zu ihm konnten sie nicht gehen, zu Hause saß Birgit, die Wärterin seines unerotischen Ehekäfigs. Bis jetzt hatten sie sich noch nicht einmal geküßt, denn jedesmal, wenn er die Lippen auf ihren schmalen Mund drücken wollte, hatte sie wieder begonnen zu quatschen. Alexander wußte schon alles über Jenny: wie sehr sie Ärzte verachtete, vor allem Nervenärzte, die ihre Klienten mit Medikamenten ruhigstellten, statt mit ihnen zu sprechen. Klienten, so sagte sie mehrmals, Klienten, betonte sie, keine Patienten. Alexander bewahrte sein inkognito. Gab es auch nichts, was ihn als Arzt verraten könnte? Bloß keine medizinische Terminologie.

Sie schloß ihr Zimmer auf. Wohnt in einer WG und schließt jedesmal die Tür ab.

«Ich kann es nicht ausstehen, wenn jemand in meinen Sachen rumschnüffelt.» Sie betrachtete ihn erwartungsvoll, so, als solle er ihr eine Zensur für die Zimmereinrichtung vergeben. Ein Holzregal, überquellend voll Bücher, ein selbstgezimmertes Bett, der Schreibtisch ein Durcheinander von Papieren, an der Wand eine einfache Gitarre und das berühmte Miles Davis-Foto, auf dem sein Gesicht wie eine Landschaft aussieht. Alles sehr normal, keine Überraschungen für eine Psychologiestudentenbude. Immer noch starrte sie ihn an.

«Hübsch», sagte er und küßte sie. Sie wehrte sich nicht, aber sie regte sich auch nicht. Sie tat eigentlich gar nichts, beobachtete ihn bloß wie ein Versuchstier. Das war ihm egal. Er wollte Sex, hier und jetzt, auf der Stelle. Er zog ihr das Hemd über den Kopf und betrachtete ihre Brüste, die schüchtern und blaß freihingen. Er griff sie, streichelte über die Haut, rieb die Nippel zwischen den Fingern. Jenny schien noch nicht einmal schneller zu atmen. Er löste den Gürtel und zerrte ihr die Jeans über die Hüften. Sie waren so eng, daß er ihren Slip gleich mit runterriß. Sie stand völlig nackt vor ihm, die Oberschenkel ein wenig dicker, als er erwartet hatte, dazwischen ihr dunkelbraunes Dickicht, so viel, daß es wirklich wie ein Pelz aussah. Sie schien an seinem Körper nicht sonderlich interessiert. Er führte sie zum Bett und schälte sich eilig selbst aus den Klamotten. Die stanken so nach Rauch, daß er schon jetzt Birgits Verhör erwartete: wo warst du nur gestern abend.

Alexander versuchte sie zu küssen, sie drehte den Kopf zur Seite. Ihre Passivität begann zu nerven. Also gut, wenn sie es nicht anders will. Er legte sich einfach auf sie und wollte mit seinem geschwollenen Geschlecht direkt in sie eindringen. Da schien sie aufzuwachen. Sie kniff die Beine zusammen und blickte ihn herausfordernd an. In einer Hand hielt er ihre Brust, die andere griff ihren riesigen Arsch. Seine Finger spielten an ihrer Rosette. Sie kniff alles zu und zusammen.

«Ich will, daß wir es uns selbst machen und uns dabei

ansehen», sagte sie. Ihre Stimme sollte wohl verrucht klingen, doch so hätte sie auch problemlos ein Uni-Seminar ankündigen können. Alexanders Lust stand nur noch auf Halbmast. Aber was sollte er tun, er wollte es jetzt zu Ende bringen. Abzubrechen wäre ihm wie ein Triumph für Birgit erschienen, die ihn aussperren, seine Erotik trockenlegen wollte.

Jenny legte sich auf das Bett und spreizte die Beine. Er sah ihre Schamlippen, die sich langsam öffneten wie eine Muschel. Ihre langen Finger spielten im rosa Fleisch. Immerhin. Alexander riß sich am Riemen, rieb ihn steif, so schnell, wie ihn nur der eigene Besitzer oder eine erfahrene Prostituierte aufrichten kann. Jenny streichelte ihre Brust und arbeitete mit den Fingern der anderen Hand in ihrem Spalt, das Gesicht verzerrt, der Mund halb offen, die Augen glasig. Er versuchte sie wieder anzufassen oder ihr wenigstens seinen Schwanz in den Mund oder egal wohin zu schieben, aber sie wies ihn zurück. Da beschloß er, dem Spiel ein Ende zu machen, starrte ihr tief in die Nacktheit und rubbelte sich zum Höhepunkt. Mit dem Aufbäumen warf er sich ihr entgegen und sein weißer Saft spritzte in ihr Gesicht, während sie trillernd stöhnte wie eine Hexe, die sich selbst noch in der Eisernen Jungfrau weigert zu gestehen. Als er sich wieder anzog und ging, starrte sie ihn immer noch an, so daß er sich vorkam wie eine Laborratte beim Rorschachtest.

Birgits Gesicht leuchtete mit der Zufriedenheit der Schwangeren, täglich wartete sie auf das Anschwellen ihres Bauchs. Ihre Kolleginnen knobelten bereits an Namen. Heute war irgendwas anders, dachte Alexander, als sie nicht zum Dienst erschien. Es war der Tag, als sie Iris Stich fanden. Sie war schon ein dreiviertel Jahr nicht mehr in der Klinik gewesen, bei Stammpatienten wie ihr sehr ungewöhnlich, sie war mindestens drei Monate überfällig. Sie lag leblos auf der Toilette eines Schnellrestaurants, die 48. Drogentote diesen Jahres. Alexander fluchte. Die könnten alle noch leben, kein Toter wäre notwendig, wenn sie das Teufelszeug freigeben würden, unter ärztlicher Kontrolle. Was versteht denn die Polizei davon, wenn ein Mensch sich so elend und verlassen fühlt, daß er lieber gar nichts mehr spüren mag.

Alexander rief zu Hause an. Vor lauter Heulen konnte Birgit nicht reden. Beinahe hätte er gefragt, ob sie auch die Sache mit Iris Stich in der Zeitung gelesen hätte, aber ihr Geflenne klang so echt, daß er es vorzog, auf zynische Bemerkungen zu verzichten. Alexander informierte den Oberarzt. Mit meiner Frau stimmt was nicht. Dann durfte er vorzeitig gehen, ausnahmsweise natürlich.

Dicke rote Ringe umgaben ihre Augen, Birgits Schönheit war verwischt, hatte einer verzweifelten Trauer Platz gemacht.

«Ich habe schon vor einigen Tagen gespürt, daß etwas nicht stimmt», schluchzte sie. «Meine Brüste wurden so anders, wieder ganz weich. Heute morgen war ich beim Frauenarzt. Es ist tot. Mein Kind ist tot.» Eine neue Welle überflutete ihre Augen und rann ihre Wangen hinab. Alexander nahm sie in den Arm. Was sollte er sagen? Daß das passieren kann, daß jede zweite Schwangerschaft so endet, daß der Fetus vielleicht gar nicht lebensfähig war?

«Du bist schuld», jammerte sie, «du hast es nicht gewollt und nun ist es gestorben, weil es nicht willkommen war.» Alexander ließ sie los.

«Was redest du da, ich habe ihm nichts getan.»

«Du hast es nicht gewollt, du Schwein.»

«Mein Gott, Birgit, wie kannst du so was sagen. Du bist Krankenschwester, du hast genug medizinische Kenntnisse, um zu wissen, daß das totaler Unsinn ist.» Sie war erregt, sehr erregt und verwirrt.

«Du bist ein bißchen durcheinander ...»

«Durcheinander», sie hielt inne, blickte ihm mit den verheulten Augen tief ins Gesicht. «So, du hältst mich für durcheinander, für verrückt, stimmt's?»

«So weit würde ich nicht gehen ...»

Ihre Stimme wurde wütend, sie kreischte ihn an.

«Weißt du, wer wirklich verrückt ist? Du! Wir haben ein wundervolles Leben vor uns, könnten eine Familie gründen, und was machst du? Du sagst, du bräuchtest noch etwas Zeit. Bravo, jetzt hast du die Zeit, mein Baby ist tot. Tot, verstehst du, TOT. Wofür braucht mein Halbgöttergatte denn noch Zeit, habe ich mich gefragt. Bis ich mit der Studentin gesprochen habe, die auf deiner Station als Nachtwache arbeitet und mir erzählt hat, was du so nachts im Dienst machst, du perverses Schwein. Ausgerechnet diese drogenabhängige Nutte mußt du bumsen.» Alexander spürte einen Stich, der in seinem Herz bohrte und ihn lähmte. Es gab keine Rechtfertigung.

«Ich hätte dir auch das noch verziehen, wir hätten ganz neu anfangen können, aber du wolltest es ja nicht. Dir waren die Flittchen ja wichtiger als eine richtige Frau, die dich liebt und mit dir leben wollte.»

«Es war ...»

«Sei still, ich will nichts mehr von dir hören. Ich habe genug. Ich will, daß du deine Sachen packst und ausziehst. Jetzt, sofort.»

Der Auflösungsvertrag endete mit beiderseitigem Einvernehmen. Der Oberarzt hatte ihm immerhin eine neue Stelle vermittelt, in der Universitätsklinik.

«Hat man Sie weggelobt, aus dem christlichen Haus», sagte der Psychiatrieprofessor.

«Also eigentlich ...»

«Vor mir brauchen Sie sich damit nicht zu verstecken,

wir sind alle keine Engel. Mit einer Patientin, nun ja. Hat es sich wenigstens gelohnt, war sie denn gut?» Alexander antwortete nicht.

«Sicherheitshalber werde ich Sie auf einer reinen Männerstation einsetzen. Sie sind doch nicht bisexuell?» Er kicherte. «Wenigstens scheinen Sie fachlich einigermaßen auf der Höhe zu sein.» Der Psychiatrieprofessor blätterte in Alexanders Bewerbungsunterlagen und sprach, ohne ihn anzusehen.

«Ich habe eine ganz spezielle Aufgabe für Sie, und ich erwarte, daß Sie sie erstklassig lösen werden.» Er sah Alexander das erste Mal an.

«Gerne, ich werde mich bemühen.»

«Bemühen reicht mir nicht. Im Frühjahr findet in San Francisco ein interdisziplinärer Kongreß zum Thema Depression und Sexualität statt. Aus unserer Klinik muß ein Delegierter unsere Arbeitsergebnisse vortragen. Ich werde das nicht tun. Ich habe nichts übrig für ein paar ausrangierte Gynäkologen, die sowieso nur glauben, die Hormone seien für jede Gefühlsschwankung verantwortlich. Aber einer muß hin und der muß es gut machen. Das werden Sie sein.»

«Wie ich schon sagte, ich werde alle Anstrengungen unternehmen ...»

«Keine Anstrengungen, keine Bemühungen, Sie machen das, aus, basta und Punkt. Wenn Sie Ihre Sache gut machen, dann haben Sie noch eine große Zukunft in der Medizin vor sich. Wenn nicht – einen zweiten Riesenbock können Sie sich nicht mehr leisten, aber ich will nichts beschwören, nun ja, reden wir besser nicht darüber.»

13 Überraschend war bereits der erste Blick zum Himmel, nach der Landung in Managua. Keine Spur Blau, keine tropische Sonne, statt dessen hingen düstere Wolken tief über dem Flugplatz und tauchten alles in ein unwirklich bleigraues Licht. Mira war die einzige *Chele* und wohl auch die einzige Brigadistin im Flughafengebäude. Eine viel zu laut gedrehte Radiostimme überschlug sich fast, während sie die Errungenschaften der Revolution pries und für die Beteiligung der Campesinos an den Umsiedlungen in neu geschaffene *Asentamientos* warb. Der alte Flachbau mit der abgeblätterten Farbe hätte woanders wahrscheinlich noch nicht mal als U-Bahnstation getaugt. Soldaten des Volksheeres, blutjunge Männer mit sowjetischen Maschinenpistolen, überwachten die Einreise. Die wenigen einheimischen Passagiere wurden von Verwandten abgeholt oder verteilten sich in eine Handvoll alter Taxis. Die Luft war nicht heiß, aber drückend, als Mira ihr Gepäck zum Busbahnhof schleppte. Unter dem einfachen Strohdach ließ sie sich erschöpft auf ihren großen Rucksack sinken. Ein steinalter, runzliger Mestize und eine junge Frau, die gerade erst der Pubertät entwachsen sein mochte, warteten bereits. Der Mestize lächelte sie an und deutete auf den fast schwarz bedeckten Himmel.

«*Iluvia*», sagte er, «*Ghaparron, mucho agua*.» Mira verstand nicht. Der Mestize spielte in der Luft über seinem Kopf Klavier und fuhr mit den Fingern an seinem Hemd herab, als zöge er unsichtbare Fäden. «Regen.» Mira nickte ihm freundlich zu. Der Mestize lachte und zeigte dabei ein halbes Dutzend erhaltener Zähne, lose verteilt wie Perlen.

Der Kühler des himmelblauen Busses wölbte sich vor wie ein Schweinerüssel, offensichtlich ein älteres Modell. Als sie einstiegen, pustete der kurzatmige Diesel riesige schwarze Rußwolken in die Luft. Mira machte es sich in der letzten Reihe bequem, der Mestize und das Mädchen, das seine Enkelin sein konnte, setzten sich direkt hinter den Fahrer mit dem stoischen Gesichtsausdruck. Höchstens zwei, drei Stunden über Landstraße, und dann wäre sie endlich am Ziel, in San Carlos, der Stadt am Río San Juan, wo das Gesundheitsministerium ein neues Krankenhaus aufbauen wollte. Hier waren junge Ärztinnen und Ärzte noch willkommen, sogar aus dem Ausland.

Die Straße war nicht befestigt, sie glich einem Schotterweg, und obwohl der Fahrer die größten Schlaglöcher zu umschiffen versuchte, schaukelte der Bus wie ein Ruderboot auf hoher See. Mira wurde fast augenblicklich schlecht. Der alte Mestize drehte sich um und deutete auf den freien Platz ihm gegenüber auf der anderen Seite des Gangs.

Mira schüttelte den Kopf. Schon wieder ein Mann, der ihr sagen wollte, was sie tun sollte. Die Übelkeit nahm mit jeder Minute zu.

Nach einem Kilometer fühlte sie die saure Brühe schon im Rachen kratzen. Mira stand auf und hangelte sich nach vorn, zu dem Platz, den der alte Mann ihr gezeigt hatte. Er lächelte ihr zu und hielt ihr die Hand mit fremdartigen Kräutern hin. Mira probierte ein paar der grünen Fäden. Bitter, so bitter, daß ihre Zunge zusammenschrumpelte, ihr Mund wurde taub. Aber die Übelkeit war fast schlagartig weg, ihr Kopf klar wie ein Bergsee im Hochsommer. Sie nickte dem Mestizen zu.

«*Gracias, señor.*» Er lächelte. Mira sah aus dem Fenster. Sie passierten eine ärmliche Siedlung, einfache Holzhäuser mit Strohdächern, davor standen die Bewohner und blickten bewegungslos wie Statuen in Richtung der Staubwolke, die der Bus hinter sich herzog. Die Menschen hier waren alle kleiner als in Deutschland, was sie für Mira sofort sympathisch machte.

Ohne Vorwarnung dröhnte der Regen mit einem wilden Stakkato auf das Busdach, fette Wasserschlieren klatschten gegen die Fenster und ließen die Sichtweite am Glas enden, als sei der Bus in ein quirlendes Aquarium abgetaucht. Die durchlöcherte Piste verwandelte sich augenblicklich in einen Schlammsee. Der Fahrer ging vom Gas und der Bus schwankte durch die untiefen Pfützen wie ein schwindeliges Flußpferd. In dem Tempo würden sie bis zum nächsten Morgen brauchen, um San Carlos zu erreichen. Vorausgesetzt, es käme ihnen keiner entgegen. Die Busfahrt wurde zum Glücksspiel. Mira umklammerte die Lehne, bis ihre Knöchel weiß heraustraten. Die Temperatur sank im Sturzflug.

Das Trommelfeuer steigerte sich und ließ den alten Bus dumpf erzittern, wie das Innere der Bassdrum einer Sambaschule beim Karneval in Rio. Der Regen schrumpfte die Menschen wieder auf ihre wirkliche Größe, hier hätte der Mythos der Sintflut erfunden sein können.

Der Fahrer bog ab, noch ein paar Meter und er hielt. Obwohl sie die 15 Meter bis zum Haus rannten, wurde ihre Kleidung sofort bis auf die Haut durchnäßt.

Wenigstens war das Haus aus Stein, offenbar eine Art Herberge. Sie standen in einem großen, weißgetünchten Raum mit niedriger Decke, der mehr als die Hälfte der Grundfläche ausmachen mußte. Das Zentrum des Zimmers bildete ein Kamin aus Lehm, in dem ein Holzfeuer wohlige Wärme ausstrahlte. Der Fahrer sprach mit dem Besitzer, einem runden, hellhäutigen Nicaraguaner mit schwarzem Schnurrbart. Dann bedeutete der Fahrer ihnen, sich auf einigen Decken niederzulassen, die um den Kamin lagen. Mira ging hinter den Kamin und zog die nassen Sachen aus. Sie hüllte sich in eine der Decken und kehrte dann zurück. Der alte Mestize sprach mit dem Fahrer und dem Besitzer, sie lachten. Das Mädchen sagte nichts. Vier Jahre nach der sandinistischen Revolution blieb noch allerhand zu tun bis zur Gleichberechtigung.

Mira rollte sich tiefer in die Decke und starrte in die Flammen. Eine Frau brachte zwei Töpfe, Teller, Besteck und ein flaches Brot. Sie aßen zusammen Reis mit Bohnen, dazu das Brot. Der Mestize nickte ihr zu, dann fiel sein Blick auf ihren Unterarm.

«*Esta simbolo?*»

«*No, señor.*» Seine warme, dunkle Hand prüfte ihre Narben. Er sah ihre Kette und griff den roten Edelstein.

«*Bueno*», nickte er.

«*D' un hombre*», sagte Mira.

«*Buen hombre*», lächelte er.

«*Sí, muy buen.*» Das war er. Was er jetzt wohl machte, der gute Mann im sauberen, geschützten Deutschland. Das war also ihre erste Nacht in der neuen Heimat, ans Kaminfeuer gekauert, während draußen das Wetter seine eigene Revolution feierte, als ob der Wettergott für den jüngsten Tag schon probte. Mira dachte an Alexander, den unbeholfenen, großen Kerl mit den starken Schultern und zärtlichen Händen. Sie rollte sich ins Halbdunkel. Die drei Männer unterhielten sich weiter und das Mädchen hörte zu. Mira schloß die Augen und erinnerte sich an Alexanders Hände. Lautlos strich sie über ihre Oberschenkel und Brüste, tastete mit der Linken zwischen den Schenkeln, so, als sei es seine Hand, seine zärtliche Hand, die sie streichelte, die sie stimulierte. Sie befeuchtete ihre Finger mit Spucke, von selbst fanden sie den Weg, glitten zwischen ihre Beine, kraulten die Haut, kosten die feuchten Lippen und umkreisten den Knopf. Mit der anderen Hand führte sie Helmut ein, in seine neue Heimat, immer neue Bilder der Erinnerung und Phantasie vor Augen. Mira biß auf ein Stück Decke, als sich ihr Becken verhalten wand und zuckte.

Es goß immer noch, das Haus lag einsam in einer Brandung aus Schlamm. Immerhin konnte sie den Bus sehen. Sie hielten sich gefaltete Pappkartons über den Kopf und liefen hin. Kurz darauf erschütterte das müde Brummen des Dieselmotors ihr Gefährt und es setzte sich träge in Bewegung.

Sie saßen auf den gleichen Plätzen, heute morgen wollte es Mira mit der hinteren Bank gar nicht erst versuchen.

Der alte Mann wühlte in seinen Bündeln, fingerte etwas heraus und reichte es ihr. Ein seltsames Amulett, die geometrisch strenge Figur eines Mannes, eine gewaltige Lanze in der Rechten. Mira sah den Mestizen fragend an. Er nickte aufmunternd.

«*Donativo*», sagte er.

«*Por a mí?*»

«*Sí.*» Mira wußte nicht, was sie sagen sollte.

«*Buenos días, Señorita.*»

«*Señora, señora, por favor.*» Commandante Jorge sah sie verblüfft an.

«Wissen Sie, bei uns werden verheiratete Frauen Señora genannt, eine Señorita ist die unverheiratete Frau. Sie tragen keinen Ring, Señora Lubek, sind Sie trotzdem verheiratet?»

Mira schüttelte den Kopf.

«In Deutschland hat der Ausdruck für Señorita einen unangenehmen Beigeschmack, ein ‹Fräulein› ist keine richtige Frau, mehr ein unselbständiges Spielzeug der Männer.»

«Ich verstehe. Hier sind Sie kein Spielzeug, das kann ich Ihnen versichern. Seien Sie willkommen in San Carlos.» Commandante Jorge lächelte sie an, verzog dabei seinen schwarzen Schnurrbart. Er war etwa so groß wie sie, breitschultrig, mit einem ausladenden Oberkörper auf dünnen Beinen, aber seine aufrechte Haltung, sein Stolz, den jede Bewegung ausdrückte, verlieh ihm die Aura eines gutmütigen Monarchen. Er führte sie in dem Ort herum, schmutzige Steinhäuser, ganze Viertel schnell zusammengezimmerter Holzbauten und der Stolz von San Carlos, die gerade erst fertiggestellte Markthalle, errichtet mit holländischer Hilfe. Jorge zeigte ihr die alte Fähre, ein einfacher Motorkutter, der den Namen des Flusses trug, Río San Juan, und das Gesundheitszentrum, wo sie arbeiten würde. Bislang war das neue Krankenhaus noch nicht über das Stadium des Rohbaus hinausgekommen. Jetzt würden die Arbeiten wieder für einige Monate brachliegen, weil die Regenzeit früher eingesetzt hatte als erwartet. Der Commandante stellte ihr den Vertreter des Gesundheitsministeriums vor, der den Aufbau der Schwerpunktklinik kommandieren sollte, Frau Dr. Rijsvlog, eine blonde, hochaufgeschossene holländische Ärztin, Leiterin der Geburtshilfe, den Fährmann Abuelo José, ein gutmütiger, vergeßlicher Greis, und mindestens drei Dutzend Mitglieder der Internationalen Brigade, alles *cheles* wie sie, aus verschiedenen Ländern, sogar ein junger Amerikaner war darunter. Viele von ihnen trugen Waffen.

Jorge lud Mira zu einem Kaffee ein. Sie saßen auf der Veranda des Hotels *Solidaridad,* in dessen Schlafsaal sie zunächst wohnen würde.

«Seien Sie vorsichtig, Señorita Mira, die Reagan-Regierung hat uns den Krieg erklärt und pumpt Waffen und Geld nach Costa Rica, wo sie eine konterrevolutionäre Armee aufgebaut haben. Die Contras machen uns zu schaffen, sie weichen einem offenen Kampf aus, aber nachts ermorden sie Soldaten des Volksheeres und Zivilisten, wie *Campesinos,* die sich nicht anwerben lassen. Sie wollen all das zerstören, was wir seit Somozas Sturz aufgebaut haben.»

«Deshalb die Waffen?»

«Ja, sogar internationale Brigadisten, die sich in ihrer Heimat weigerten, in die Armee einzutreten, tragen hier eine Pistole zur Selbstverteidigung. Ich will Sie nicht dazu zwingen, aber ich möchte es Ihnen auch ans Herz legen.» Jorge sah sie ernst an, dann legte er eine kleine Pistole auf den Tisch. Mira nahm die schwarze Schußwaffe, sie lag leicht in der Hand, nur wenig schwerer als Helmut. Der Commandante legte seine Hand auf ihre und strahlte sie an.

«Bitte mißverstehen Sie mich nicht, das ist nur eine

Vorsichtsmaßnahme, Sie sind hier herzlich willkommen – was mich persönlich angeht, sogar sehr herzlich. Es ist selten, daß eine so schöne und kluge Frau sich unserer Bewegung anschließt. Ein Festtag für Nicaragua.»

Commandante Jorge ließ es sich nicht nehmen, Mira selbst im Gebrauch ihrer Handfeuerwaffe zu unterrichten. Er stand nah hinter ihr, den verrosteten Konservendosen, die als Ziel dienten, die rechte Seite zugewandt. Jorge führte ihre Hand und rief ihr Anweisungen ins Ohr. Ein Geruch nach Zwiebeln und Männerschweiß umhüllte sie, an ihrer Khakihose glaubte sie seine Erektion zu spüren.

«Eine Pistole will zart und vorsichtig, zugleich energisch und zielsicher behandelt werden, geradeso wie eine Frau», sagte er und ließ ihre Finger sich um den Griff schließen. Als seine Hand niedersank, schien sie ihre Brust zu streifen, wie ein Flugzeug, das beim Landeanflug Baumwipfel berührt.

«Sie lernen schnell», sagte er und stellte die Dosen noch einmal auf.

Vieles von dem, was Mira sich während des Studiums mühevoll angeeignet hatte, half ihr hier nicht, es war geradezu sinnlos, weil die notwendigen Geräte fehlten und die Ärztinnen sich bei den Untersuchungen auf ihre fünf Sinne verlassen mußten, ein wahrhaft exotisches Abenteuer, verglichen mit der Absicherungsmedizin, die Mira kannte, bei der jedes verwackelte Ultraschallbild mehr Aussagekraft und Gültigkeit besaß als der geübte Blick eines erfahrenen Untersuchers. Mira lernte, die Lage der Babies im Bauch präzise zu tasten, sie lauschte den Herztönen mit einem einfachen Hörrohr aus Holz, und sie lernte, ihrer eigenen Wahrnehmung zu trauen. Jedes Kind, das sie gesund zur Welt brachten, war ein Triumph für das Leben oder ein neuer Sieg der Revolution, wie Commandante Jorge zu sagen pflegte.

«Seien Sie auf der Hut mit dem Commandante», sagte Dr. Rijsvlog und sah ihr ernst in die Augen, als sie ein Neugeborenes untersuchte und Mira beaufsichtigte, die den Dammriß nähte.

«Warum, er ist doch sehr nett.»

«Schon, aber nur solange, bis Sie mit ihm im Bett waren. Ungefähr ein Viertel der Babies, die wir zur Welt bringen, sind von ihm.»

«Das glaube ich nicht.»

«Okay», lächelte die Holländerin und griff sie sanft am Arm, «ich habe natürlich übertrieben, aber er ist ein ziemlicher Schürzenjäger, und wenn Sie nicht von ihm enttäuscht werden wollen, dann gehen Sie ihm besser aus dem Weg.» Aus dem Weg gehen, einem Mann, der etwas für Frauen übrig hat? Mira grinste. Oder ist die verhaltene, flachbrüstige Kollegin aus den Niederlanden einfach nur eifersüchtig, weil sie selbst einmal was mit ihm hatte?

Nein, sie würde ihm nicht aus dem Weg gehen, jetzt erst recht nicht, die Holländerin hatte sie neugierig gemacht mit ihren Andeutungen. Außerdem, wenn es eine Frau gab, die sich nicht vor Männern fürchtete, dann war sie es. Schon aus Prinzip.

Mira stand vor der Fähre und rauchte eine Zigarette mit dem alten Abuelo José. Zigaretten waren ein typisches Trinkgeld, das ihm die Reisenden zusteckten, wenn er sie übergesetzt hatte. So hatte er einen Vorrat, der so groß war, daß er ihn niemals allein hätte aufrauchen können und lud Mira regelmäßig ein, wenn sie gerade Pause hatte und am seichten Flußufer spazierenging.

Heute war es ungewöhnlich heiß, und Mira trug nur ein T-Shirt über dem BH, die Kette mit dem Stein und das Amulett baumelten über ihren Brüsten. Aufmerksam betrachtete Abuelo José ihren Schmuck. Unter den Einwohnern von San

Carlos galt der alte Mann als verrückt oder senil oder beides, weil er an manchen Tagen das Datum vergaß oder mit unsichtbaren Gesprächspartnern redete. Sein Beiname hatte sich eingebürgert, weil José schon so lange Fährmann war, daß sich niemand, noch nicht einmal die Ältesten, daran erinnern konnte, wer vorher die Reisenden über den Fluß gesetzt hatte.

«Ein schöner Stein», sagte José, «er schützt vor dem Bösen und gibt dir das zweite Gesicht.» Mira beobachtete neugierig, wie der kahlköpfige, alte Mann zärtlich über den roten Stein strich.

«Ein Stein der Liebe, der tiefen Liebe, kann auch ein Zeichen der Trennung sein.» Mira nickte.

«Ich bekam ihn zum Abschied.»

«Kein Abschied ist für immer», sagte José und betrachtete das Amulett. Er bekreuzigte sich überrascht.

«Was ist?» fragte Mira.

«Eine starkes Bild, ein Bild der Kraft», sagte José. Mira hätte gern mehr darüber erfahren, aber der alte Mann schwieg und starrte in die schillernden Fluten. Eine Gruppe Bauern, die mit ihrem Hab und Gut unterwegs waren, wünschten über den Fluß gebracht zu werden und beendeten ihr Gespräch.

Mira sah dem Kutter hinterher.

«Die Campesinos werden umgesiedelt.» Mira fuhr herum. Commandante Jorge lächelte ihr mit herausgestrecktem Brustkorb zu.

«Warum?»

«Sie werden evakuiert. Wir schaffen neue volkseigene Strukturen und siedeln die Campesinos in Asentiamentos.»

«Wieso können sie nicht da bleiben, wo sie sind?»

«Das Somoza-Regime hat sie dorthin gebracht, weil es sie als billige Arbeiter auf den Baumwollfeldern brauchte.»

«Keine schöne Aussicht, das zweite Mal die Heimat zu

verlieren.» Sie dachte an Alexanders Familie, die im Krieg in Rußland auch umgesiedelt worden war und später auswanderte.

«Mag sein, aber es geht nicht anders. Wir müssen alle Opfer bringen – für die Revolution.» Sein Tonfall wechselte in eine charmante Wärme.

«Señorita Lubek, eine junge Frau wie Sie muß sich doch in einem kleinen Land wie unserem langweilen, Sie kommen aus einer Großstadt ...»

«Ja, aber San Carlos hat auch seine Reize. Ich fühle mich ganz wohl.» Der Commandante überhörte den letzten Satz.

«Eine so hübsche Frau wie sie ... muß sich einsam fühlen, hier draußen.» Dabei spielte er vorsichtig mit ihren Locken. Mira trat einen Schritt zurück. So einfach wollte sie es ihm nicht machen, obwohl er ihr gefiel und die Warnung ihrer Kollegin ihr Interesse nur gesteigert hatte.

«Ich möchte Sie einladen, heute abend. Es gibt Hühnchen in scharfer Soße, eine Abwechslung bei dem ewigen Reis mit Bohnen. Also, kommen Sie?»

«Gerne», sagte Mira. Er strahlte.

«Dann bis heute abend.»

Er hatte nicht zuviel versprochen. Seine Hütte wurde von einer Kerze in ein weiches Licht getaucht. Das Hühnchen schmeckte phantastisch, es gab sogar Rotwein aus Jugoslawien. Dessen süßsaures Bukett brannte auf der Zunge, aber Jorges Geste rührte sie. Mira war gespannt, wie er vorgehen würde.

«Sie sind eine sehr attraktive Revolutionärin», sagte er. «Europäerinnen wie Sie sind anders als unsere Frauen.»

«Wir haben eine hellere Haut und helle Haare.»

«Das meine ich nicht», lachte Jorge, «Sie sind kultiviert und mutig.»

«Aber die Frauen hier nehmen doch am revolutionären Kampf teil, oder nicht?»

«Schon, aber eine Nicaraguanerin hätte sich zum Beispiel nie getraut, heute abend hierher zu kommen.»

«Warum nicht?» fragte Mira unschuldig, der Wein floß ihr warm durch die Glieder. «Ist es gefährlich?»

Er lachte wieder, seine mächtige Brust zuckte dröhnend.

«Das kommt darauf an, ob Sie die Anwesenheit eines leidenschaftlichen Mannes als bedrohlich empfinden oder nicht.» Mira lächelte selig, der Wein tat seine Wirkung.

«Das kommt darauf an, was der leidenschaftliche Mann will.» Der Commandante stand lächelnd auf, baute sich vor ihr auf und griff in ihr Haar.

«Ein leidenschaftlicher Mann will in einem solchen Moment, einem ganz besonderen Augenblick, wenn er einer solch begehrenswerten *chela* gegenübersteht nur eins.» Sie starrte ihn an wie in einem amerikanischen Western. Er legte die Hand unter ihr Kinn, zwang ihren Kopf mit sanfter Gewalt in den Nacken und drückte ihr die Lippen auf den Mund. Gierig wie ein Verdurstender schob er ihr die vom Wein bitter gebeizte Zunge in die Mundhöhle und suchte mit den Händen unter ihrer Bluse. Zitternd vor Begierde riß er an ihrem BH. Mira löste sich.

«Wir haben Zeit», sagte sie und rang nach Luft. Als hätte er sie gar nicht gehört, so stürzte er sich auf sie. Nach einem Augenaufschlag waren sie nackt, und er preßte seinen kurzen, mächtigen Leib an ihre Haut. Er drang so schnell in sie ein, daß es weh tat. Er rackerte und scharrte in ihrem Geschlecht wie ein hungriger Hahn. Mira kam kaum mit, das Feuer ihrer Lust war gerade halb entfacht, als er schon in den letzten Stößen lag und alles in ihr loswurde. Selbst mit dem dicken Helmut wäre sie besser bedient gewesen.

Mira untersuchte gerade eine prallreife, blutjunge Schwangere, kaum ein großes Mädchen, als er das Krankenhaus besuchte. Dr. Rijsvlog pflegte währenddessen ihr winziges Tulpenbeet im Schatten der Klinikmauer, wohl ein Stück Heimat.

«Padre Tinto», stellte er sich vor. Den Namen hatten sie ihm wegen seines burgunderroten Haarkranzes gegeben, wie zum Beistand blühten blutig geplatzte Äderchen auf seiner gewaltigen Nase, zu Fleisch gewordene Zeugen seiner Liebe zum Meßwein, der Preis des Zölibats. Padre Tinto salbte die Sterbenden und tröstete die Leidenden mit warmen Bibelworten. Sie beobachtete ihn, zählte, wie oft er den Namen des Herrn herbeibeschwor. Dann wurde Mira zu einer Geburt gerufen, das Kind lag in den Wehen. Ihr Baby kam mit dem Hintern voran. Früher galt das als Zeichen des Bösen, heute drohte nur noch eine schwierige Geburt.

Mira stand ganz hinten, so als wolle sie sich einen Fluchtweg offen halten. Sie versuchte sich zu erinnern, wann sie zuletzt in einer Kirche gewesen war, richtig in der Messe, kein touristischer Museumsbesuch. Das mußte Jahre her sein, ihr fielen nur düstere Bilder aus der Kindheit ein, als der Priester die Hölle in grellen Farben schilderte, so daß Mira ihren Schlund zu wittern glaubte. Der hagere Pastor hatte sie im Beten bestärkt, ihre Angst hingegen hatte er ihr nicht ausgetrieben. Padre Tinto würde predigen, darauf war Mira gespannt. Die Kirche brach aus allen Nähten, auch wenn sich keiner von den sandinistischen Honoratioren offiziell sehen ließ.

«Dieses Land hat sich vom Antlitz des Herrn abgewandt, liebe Freunde. Der Herr wacht über euch in Trauer und Sorge. Kehret um, schließt euch uns an, damit sein Segen wieder über euch schwebt …» Im Kirchenschiff begann es zu murren.

«Glaubt mir, liebe Freunde, der Herr liebt euch, darum kehret um und tut Buße ...» Das Murmeln schwoll an, die Menschen wurden zwischen Propaganda und Predigt hin- und hergerissen.

«Es ist falsch, was sie euch über Amerika sagen, Amerika ist das Land des Herrn, Gottes eigenes Land, und er will euch nur helfen, eure Verwirrung zu überwinden ...» Mira konnte ihn nicht mehr sehen, ein Gatter empört hochgereckter Arme hatte ihn verschluckt, seine Stimme war vom tosenden Tumult erstickt. Jemand schob sie zur Seite. Commandante Jorge walzte sich mit mächtiger Brust durch die Menge wie ein Schlachtpanzer, die Maschinenpistole im entschlossenen Anschlag. Wollte er ihn erschießen, einfach so, mitten in der Kirche? Miras Hals trocknete aus, zog sich zusammen wie ein zum Dörren aufgehängter Pilz. Die Pistole in ihrem Gürtel drückte an ihren Bauch. In diesem Geschrei würde man noch nicht einmal einen Schuß hören. Sie bildeten eine johlende Gasse, durch die der Commandante wie ein römischer Imperator schritt, der seinen Triumphzug mit einem gefangenen, rothaarigen Barbaren krönt. Der Commandante hielt ihn am Kragen gepackt wie ein ungezogenes Kind. Der Geistliche stolperte an ihr vorbei, als sein Blick auf Miras Amulett fiel, drehte er den Kopf erschrocken zur Seite. Commandante Jorge zerrte den Padre bis zur Kirchentür.

«Hau ab und laß dich hier nie wieder blicken», schrie er ihn an und gab ihm einen so harten Stoß, daß der Padre in den Staub stolperte. Die Kirche johlte.

«Wenn du noch mal hier auftauchst, dann knall ich dich ab wie einen tollwütigen Hund, egal ob Padre oder nicht.»

«Das wird euch noch leid tun, ich komme wieder und dann bin ich nicht allein. Ihr könnt die Contras nicht stoppen!» Jorge hob drohend die Maschinenpistole, der Padre rappelte sich hoch und rannte davon. Die Menge lachte, der Commandante kreiste stolzgeschwellt wie ein siegreicher Torrero und strahlte sie an.

Er mußte ihr aufgelauert haben. In den letzten Wochen war sie ihm aus dem Weg gegangen, auf eine Wiederholung der billigen Nacht legte sie keinen Wert.

«Señorita Mira», begann der Commandante, «wir haben uns lange nicht gesehen, ich habe mir fast schon Sorgen gemacht ...» Er stutzte, suchte in ihrem Gesicht nach Wiedersehensfreude. Mira blieb steif.

«Um ehrlich zu sein ... ich habe Sie sogar vermißt, sehr sogar ...» Er preßte den aufgeblähten Leib an sie, griff ihren Oberarm und sprühte ihr seinen Knoblauchatem ins Gesicht. Mira riß sich los und machte einen deutlichen Schritt zurück.

«Commandante, was wir in der Nacht gemacht haben, ist passiert. und dabei sollten wir es bewenden lassen.»

«Aber Señorita Mira, es war wunderbar, Sie haben das auch gespürt, ich weiß es ...»

«Nein», sagte Mira, «es ist vorbei und ich will nicht mehr.»

«Sie können mich nicht einfach so zurückweisen, Sie dürfen das nicht.» Er drängte sich wieder an sie, die Beule seiner Hose quetschte sich zwischen ihre Beine, hart wie eine Waffe.

«Nein», wiederholte Mira wütend. Zur Antwort fingerte er in ihrem Haar und versuchte sie zu küssen. Mira tastete das Ding in seiner Hose, orientierte sich in seiner Anatomie. Er grunzte zufrieden. Dann griff sie zu, ganz kurz, aber kraftvoll wie ein Schraubstock. Mit einem schrillen Schrei sackte er zusammen, hielt schmerzverzerrt die Hände auf die wundgequetschten Drüsen und wimmerte wie ein blindgeborenes Kätzchen.

«Tun Sie das nie wieder, Commandante, das nächste mal beiß ich Sie Ihnen ab.»

«Du verdammte bleiche Hure, das wirst du bereuen», preßte er hervor. Mira schaffte es noch bis zu Josés Kutter. Dort raste ihr Herz, Tränen brachen hervor.

«Du bist stark», sagte der alte Mann und tätschelte ihren Arm. «Du bist eine starke Frau, eine starke Frau mit starken Freunden.» Dabei nahm er erst das Amulett und dann den Stein und hielt sie ihr unter die tränentrüben Augen.

14 Mira mochte es, über den Markt von San Carlos zu schlendern. Es gab kaum etwas zu kaufen, die meisten Mahlzeiten aßen sie sowieso im Krankenhaus, wo eine kurzgewachsene, aufgedunsene Einheimische für alle kochte; genausowenig interessierte sie sich für den billigen Schmuck oder die einfachen Textilien aus sozialistischen Bruderländern, die hier wie wertvolle Importe feilgeboten wurden. Was sie hierher zog war das bunte Flair, die schnatternden Marktweiber, deren hastige spanische Sprachfetzen ihr immer noch unverständlich schienen, die stolzen Männer, von denen ein jeder, der sich mit Waffe oder Uniform auszeichnete, vor Wichtigkeit zu platzen drohte, und überall kleine Kinder, die Zukunft der Revolution, wie *Radio la Trece* immer wieder über den Platz plärrte. Der Markt war erfüllt von Gerüchen: Paprika, frischgebackene Weizenfladen, Tomaten, Obst und frischer Schweiß. Gelegentlich fegte eine Windböe einen Gestank vom Flußufer über den Platz, der daran erinnerte, daß die Hygienebemühungen der Sandinisten noch verstärkt werden mußten.

Mira probierte einen silbernen Armreif, dann bummelte sie weiter, dabei glaubte sie die bewundernden Blicke der Männer zu spüren, als drängten sie durch den dünnen Stoff, direkt auf die Haut. Hier steckte in jedem Mann ein

Macho, mühsam gebändigt vom politischen Willen zur internationalen Solidarität. Diese Männer waren keinen Deut besser als in Deutschland, das war ihr nach den Erlebnissen mit dem Commandante klargeworden. Wo steckte der bloß. Mira bemerkte, daß sie das Marktgeschehen mit einem aufmerksamen Mißtrauen beobachtete, so als erwarte sie den Commandante jeden Moment hier anzutreffen. Nein, ich bin doch kein Fall für den Psychiater, dachte sie, und lächelte versonnen, als sie von einem Erinnerungsblitz getroffen an Alexander denken mußte, einen der wenigen Psychiater, die sie kannte. Und von denen war er auch noch der Netteste gewesen. Als sie aufschaute, wurde ihr Lächeln von einem braunen Gesicht mit tadellosen Zähnen erwidert, das ihr bekannt vorkam. Einer der jungen Fischer, die hinter ihren Ständen kauerten, strahlte sie an. Seine schwarzen Augen waren fasziniert auf sie gerichtet, wie zwei tiefe Löcher in die Unendlichkeit. In solchen Augen konnte man sich verlieren. Sein Körper war schlank wie der eines Jungen, kein aufgeblähter Zwerg wie der Commandante. Die braunen, kräftigen Arme versprachen Männlichkeit, zugleich wirkte er auch weich, sanft, fast feminin; vor allem war er einfach ein hübscher Bengel, der eine Sünde wert sein mußte.

«*Buenos días, doctora alemana*», sagte er.

«Oh, Sie kennen mich?»

«*Sí, señora.* Sie haben vor einem Monat das Baby meiner Schwester auf die Welt gebracht.»

«Ach so, ja, jetzt erinnere ich mich. Aber nicht ich habe das Kind Ihrer Schwester auf die Welt gebracht, das hat sie selbst gemacht, ich habe nur ein wenig geholfen.»

«*Sí, señora*», sagte er wieder und lächelte. Sie stellte sich vor, wie er sie massierte, wie er ihre Haut streichelte mit seinen schönen, schlanken Händen, und erschauerte. Und was jetzt? Sollte sie sich mit ihm verabreden oder auf einen glücklichen Zufall warten.

«Wollen Sie Ihr Baby noch einmal sehen, Señora?»

«*Mein* Baby», lachte Mira, «klar, natürlich möchte ich mein Baby noch einmal sehen.»

Stolz legte ihr die junge Mutter das Baby in den Arm. Es war die Beckenlage gewesen, das Kind, das unbedingt mit dem Hintern voran rauswollte. Zum Glück war alles gutgegangen, und die ganze Familie stand bewundernd um sie herum. Mira wurde eingeladen, die Familie zu besuchen, aber sie hatte nur Augen für einen und erwartete schon ungeduldig den Moment, wenn sie mit ihm allein sein würde.

Es gab noch Kaffee, von dem guten, der normalerweise nur für den Export bestimmt war.

«*Buena doctora*», sagte die junge Mutter, bevor sie sich zum Stillen zurückzog.

«Möchten Sie unsere Bananenplantage sehen», fragte der junge Fischer.

«Gerne, wenn Sie sie mir zeigen möchten», antwortete Mira mit verführerischem Lächeln.

Sie stapften zwischen den kurzgeratenen, dickstämmigen Stauden mit den Riesenblättern hindurch, zu ihren Füßen ein weiches Bett aus halbverwelkten Blättern, Schalen und zu früh vergammelten Früchten. Mira war erstaunt, die grünen Bananen erschienen ihr erstaunlich klein. Der Junge an ihrer Seite warf ihr verstohlene Blicke zu, er schien interessiert, traute sich aber offensichtlich nicht. Mira trat an eine der Stauden.

«Sie sind noch nicht reif, sie brauchen noch etwas Zeit», sagte der Junge mit den dunklen Augen.

«Ich möchte trotzdem gern eine probieren», sagte Mira. Er brach eine grüne Banane ab und reichte sie ihr. Sie war unerwartet fest, richtig hart, so wie Helmut. Mira biß die Spitze der Schale ab und spuckte sie auf den Boden. Sanft schob sie die Schale rundherum zurück wie eine Vorhaut.

Jetzt ähnelte die Frucht einem beschnittenen Penis. Ganz langsam schob Mira sie sich in den Mund, genau spürend, wie sie der braungebrannte Junge mit wachsender Erregung beobachtete. Ihre Lippen schlossen sich um die knochenharte Frucht, mit den Zähnen nagte sie an der Spitze. Die grüne Banane schmeckte bitter, fast seifig. Der Junge lächelte, als sie ihr Gesicht verzog. Mira betrachtete seine Khakihose. Wie erhofft, die charakteristische Ausbuchtung, offenbar ein Linksausleger. Ihr juckte es schon lange zwischen den Beinen. Jetzt würde sie ihn sich nehmen, auf der Stelle, inmitten der Bananen. Er lächelte sie unschlüssig an. Ein hübsches, glattes Gesicht, in das sich noch nicht viele Erfahrungen eingraben konnten. Ach, hätte er nur etwas von der aufdringlichen Leidenschaft des Commandante, nur ein bißchen. Seine Brust schimmerte in dem lässig zugeknöpften Hemd. Mira leckte erneut über die Spitze der Banane und beobachtete ihn dabei unverhohlen. Sie sah, wie schwer es ihm fiel, unbeteiligt zuzusehen, unruhig rieb er die Oberschenkel aneinander, so, als könne er auf diese Weise seine Erektion vor ihr verbergen. Mira trat auf ihn zu, sah ihm in die Augen. Sie hielt ihm die Banane an die vollen Lippen, umfuhr sie sanft, bis sie sich erwartungsvoll öffneten. Dann ließ sie die unreife Frucht fallen, ergriff seinen Kopf und zog ihn auf ihren Mund. Er war offen und bereit, aber er schien unerfahren, so ließ er sie gewähren. Mira küßte ihn, lehrte seine Zunge im fremden Mund zu tasten, sich an Schleimhaut zu schmiegen, ganz weich und entspannt, um im nächsten Moment hart wie das Ding in seiner Hose zu drücken. Sie legte ihre Hand auf den Stoff und fühlte, wie es darunter pulsierte, wie er sich ihrer Hand entgegenwölbte. Sein Atem beschleunigte sich, schüchtern und leicht wie ein Windhauch strich er über ihre Brust. Sie packte ihn aus. Ein ordentlicher Ständer, die Eichel glitzerte feucht, ein klebriger Tropfen, die Vorhut. Seine Eier fühlten sich prall an wie feste Pflaumen. Da gab es viel Saft auszupressen. Seine Hand hatte sich den Weg auf ihre Brust gebahnt und zwirbelte an einer Warze. Er lernte schnell. Sein Schwanz zitterte schon, bog sich ihr entgegen. Sie griff ihn an der Wurzel, drückte ihn zusammen, sie wollte nicht, daß er zu früh kam. Sie rissen sich den letzten Stoff vom Leib. Er starrte sie an, wie Adam Eva angegafft haben mußte, als er sie das erste Mal sah. Doch dann schien er aus dieser Trance aufzuwachen, konnte sich nicht mehr zurückhalten, berührte, streichelte und begrapschte ihre Brust, ging weiter, untersuchte ihren Bauch mit seinen Fingerspitzen, strich über die Weichheit ihrer Schenkel und suchte nach der glückverheißenden, kochenden Pforte. Sein Finger kitzelte ihre nasse Spalte, ein zweiter bedrängte das andere Loch. Er spielte mit ihrer Liebesperle, bückte sich, legte sich halb unter sie, blickte ihr ins offene Geschlecht und begann sie dort zu küssen. Wieder diese schüchterne Zunge, die langsam an Fahrt gewann, leidenschaftlicher arbeitete, je länger sie in ihr leckte und saugte. Mira genoß es in vollen Zügen endlich wieder verwöhnt zu werden. Sie stöhnte, hörte die Erregung in der eigenen Stimme, als seine Zunge schneller wurde und im Tremolo mit ihrer Scham spielte, bis sie wild tobte. Unter den Hinterbacken spürte sie Bananenblätter und etwas klebrig Weiches, als sie sich auf das feuchte Grün fallen ließ, das war jetzt egal, sie zog die Beine an, die Knie wichen auseinander, und sie wußte, dieser Anblick ihres haarigen Dreiecks würde den Jungen magisch anziehen. Wie in Hypnose legte er sich auf sie, die kräftigen Fischerhände streichelten ihre helle Haut, unbeholfen, aber liebevoll. Vorsichtig drang er in sie ein, schien fast überrascht, wie weit und offen sie war, sein pochender Dorn glitt tief in ihr tropfnasses Innerstes. Mira spannte den Beckenboden an, griff ihn fest mit ihrer Spalte, sofort wuchs die Welle in ihm, er war kurz davor loszuspritzen. Sie ließ los, und sein schmales Becken begann rhythmisch auf ihr zu arbeiten und sein harter Schwanz – oder war es sein Schambeinknochen? – rieb an ihrem Kitzler, schneller und schneller werdend, seine Bewegungen steigerten sich, er war nicht mehr zu bremsen, sie hielt dagegen, wurde hochgetrieben, wippte auf dem Wellenkamm, kurz bevor es losging, spielte mit der Grenze, spürte den jungen Fischer auf ihr zappeln, da gab es kein Halten mehr, als er sie zuckend überschwemmte und sie sich in seinen letzten Stößen wandt. Sie glühte vom Scheitel bis zu den Zehen, sein Saft lief in feinen Bächen aus ihr raus, so viel war es geworden, und sie roch ihn – wie frische Kastanienblüten mit Bouillon und Eisen. Langsam, wie um einen schönen Traum nicht zu verscheuchen, öffnete er die Augen und sah sie an, als wolle er sie um Verzeihung bitten. Mira lächelte, da zeigte auch der junge Fischer seine schönen Zähne.

«Nein», sagte Mira und lachte. «Ich kann dich nicht heiraten.»

«Warum nicht?» Sein verliebtes Lächeln war ihm entglitten; sie mußte ihn verletzt haben. «Ich liebe dich.» O je, konnten es diese Männer nicht dabei bewenden lassen, mußten sie eine Frau gleich für immer in Besitz nehmen? Waren sie noch nicht einmal in der Lage, ein kurzes Abenteuer, mehr war es ja nicht, kein Verhältnis, noch nicht einmal eine Affäre, einfach auf sich beruhen zu lassen?

«Du bist zu jung.»

«Nein, meine Schwester hat auch mit achtzehn geheiratet.»

«Das ist etwas anderes.»

«Warum?» Es ging nicht anders, er nagelte sie fest, er wollte eine klare Aussage.

«Ich will nicht heiraten.» Betreten und still ließ er den Blumenstrauß sinken. Sie sah ihm in die dunklen Augen. Sein Blick wich aus.

«Ich bin nur ein Fischer und du eine richtige Doctora.»

Auch das noch. Eine besonders hinterhältige Tour. Während einer Studentenparty hatte ein Contergangeschädigter seinen Rollstuhl beim Tanzen ganz nah an sie herangerüttelt und mit seinen Stummelhänden ihren Hintern befingert. Als sie seine Robbenflossen zurückwies, hatte er ihr vorgeworfen, sie habe wohl was gegen Behinderte. So wird die Benachteiligung zur Waffe und die Frau verliert den moralischen Anspruch, nein zu sagen.

«Damit hat es nichts zu tun, ich will mich nur noch nicht binden.»

«Worauf wartest du? Auf *wen* wartest du?» Mira schwieg. Eine gute Frage, auf wen oder was wartete sie. Mira wußte es nicht, aber sie wollte ihn nicht heiraten, das wenigstens war ihr klar. Heiraten, Kinder bekommen, niederkommen, sich niederlassen – nein, das wäre eine Niederlage, die Niederlage ihrer Mutter.

Gelegentlich waren die ersten Schüsse zu hören. Die Grenze zu Costa Rica blieb geschlossen, die vielen fahrenden Händler, welche früher täglich aus Los Chiles gekommen waren und auf Decken Seifen, Parfums und Shampoo angeboten hatten, blieben weg. Die Contra-Rebellen zogen übers Land und warben mit Geschenken um die Gunst der Campesinos. Manchmal, wenn sie damit keinen Erfolg hatten, endeten die Begegnungen in wilden Schießereien. Sämtliche Einwohner von San Carlos waren in erhöhter Alarmbereitschaft und gingen kaum noch unbewaffnet aus. Nur Abuelo José, zu alt, um noch Angst zu empfinden, blieb ruhig wie ein Flußkiesel. Mira achtete nicht nur auf die Richtung der Schüsse; noch wichtiger war ihr, dem Commandante nur noch in Gesellschaft zu begegnen. Auch wenn es lästig war, ständig die Augen offen zu halten, um vor einer unangenehmen Überraschung der Contras oder des Commandante gefeit zu sein, weichen wollte sie nicht.

Dafür gefiel ihr die ärztliche Tätigkeit zu gut. Jeden Tag lernte sie Neues von Dr. Rijsvlog und viele Patienten kannten sie, mochten die Doctora Alemana. Das Leben blieb spannend, hier, an der Front zwischen Kapitalismus und Kommunismus, auch wenn etwas fehlte, in den Nächten, wenn die Lust in ihr brannte und mit Hilfe des dicken Helmut nur notdürftig gelöscht werden konnte. Der junge Fischer mochte sich leider nicht auf gelegentliche Treffs einlassen, und so lebte sie jetzt auch in der Enthaltsamkeit, wie Padre Tinto, von dem man sich erzählte, er befehle inzwischen selbst eine Contra-Kampfbrigade.

Selbst das provisorische Krankenhaus erhielt eine eigene Wache, der geplante Neubau wurde verschoben. Das neu organisierte Gesundheitssystem, das Bildungsprogramm mit der Alphabetisierung, die Bauernkollektive, der ganze Fortschritt des armen Landes schien in Gefahr. Mira trauerte mit den Sandinisten um die Gefallenen und schrie bei den Kundgebungen in der Menge, wenn sie sich gegenseitig im revolutionären Willen bestärkten. Mira mochte den Ritus, diese sozialistische Messe, der sie regelmäßig wie frisch gebadet und beschwingt entstieg.

Heute jedoch lag eine ungewohnte Unruhe in der Luft, die Appelle der Redner wirkten heiser und nervös. Etliche neu eingetroffene internationale Brigadisten mischten sich unter die kurzgewachsenen Einheimischen, ihre fahlen Gesichter ragten aus der aufgeregten Menge. Mira suchte ihre Kollegin. Auf Grund ihrer Größe war Dr. Rijsvlog leicht zu erkennen, aber Mira fand sie nicht. Von einer Freundschaft zu reden, das hätte sie als übertrieben empfunden, dafür war ihr die schlaksige Holländerin zu sprunghaft und merkwürdig, mal wurde sie von ihr mit glutvollem Blick betrachtet, fast wie eine Liebende, dann wieder zeigte sie sich distanziert und kalt, die sachliche Kollegin. Aber es irritierte Mira, daß die erfahrene Frauenärztin fehlte. Mira fühlte ihre Pistole, an deren kalte Härte in der Hose sie sich schon fast gewöhnt hatte. Erstaunlich, wie schnell das ging, und wer weiß, vielleicht müßte sie sich genauso schnell daran gewöhnen, das schwere Eisen einzusetzen, um auf Menschen zu schießen, so wie der Commandante es ihr gezeigt hatte. Jorge stand mit ernstem und entschlossenem Gesicht auf der kleinen Holzbühne, seine Maschinenpistole zeigte zur Erde. Sein Blick wanderte über die Zuschauer und bohrte sich in einige der Gesichter. Er mußte sie gesehen haben, ließ sich aber nichts anmerken. Mira tat, was sie immer machte, wenn sie nicht wußte, was zu tun war; sie schlenderte zum Fluß, rief José einen Gruß zu, kletterte auf den Kutter und ließ sich eine Zigarette schenken.

«Ich mache mir Sorgen», begann Mira.

Der zahnlose alte Mann lachte sie freundlich an und gab ihr umständlich Feuer.

«Ich habe Angst um unsere Arbeit hier. Die Angriffe der Contras nehmen zu, noch nie haben sie sich so nahe an San Carlos herangetraut.»

«Die Contras kommen, die Contras gehen, nur der Fluß bleibt, und selbst der ändert sich jeden Augenblick. Schau!» Dabei deutete er in das flaschengrüne Wasser, wo Mira glaubte, eine Forelle an der Oberfläche erkannt zu haben. Das Wasser gurgelte wie ein zufriedenes Baby an der Mutterbrust.

«Natürlich, du hast recht, der Fluß schert sich einen Dreck um das, was hier passiert, aber was ist mit uns Menschen, mit unserer Arbeit, unseren Hoffnungen und Wünschen, was wird aus der Revolution?»

José sog den Rauch bedächtig, als sei es die letzte Zigarette, und wog seine Worte lange ab, bevor er antwortete.

«Ich kann dir nicht sagen, was aus der Revolution wird, wie alt sie werden wird, ob sie aufblühen oder vielleicht schon in ein paar Jahren gestorben und vergessen sein wird; das ist nicht wirklich wichtig. Wichtig sind nur die Menschen, sie müssen wachsen und erkennen, was ihre Aufgabe ist.» Mira dachte an das provisorische Krankenhaus, an die Geburten, immer noch waren die hygienischen Verhältnisse unzureichend, immer noch lag die Sterblichkeit der Neugeborenen viel zu hoch. Hier hatte sie ihre Aufgabe gefunden, hier konnte sie helfen, konnte für ihre Überzeugungen kämpfen; und doch, als sie den warmherzigen Blick des alten Mannes im Gesicht spürte, empfand sie eine unerklärliche Leere, eine Traurigkeit, als fehle ihr etwas. Mira warf die Kippe in den Fluß. Sie zischte noch nicht einmal. Mira stand auf, streckte sich, reckte die Arme gähnend dem dämmernden Himmel entgegen und beschloß, die holländische Ärztin zu suchen. Sie überprüfte ihre Pistole, alles funktionstüchtig, sie war bereit.

Mira hatte die ganze Stadt nach Dr. Rijsvlog abgesucht, den Kern der Altstadt, aus soliden Steinhäusern gebildet, den behelfsmäßigen Marktplatz, der heute menschenleer in die Dunkelheit starrte, die Händlerviertel und neugeschaffenen Holzbausiedlungen, die neue Bewohner aufsogen wie ein Schwamm. Oft nur wenig mehr als ein einfacher Bretterverhau mit Plastikplanen, Papp- oder Wellblechdächern, in dem ganze Familien hausten, stellte diese Gegend in Dr. Rijsvlogs Augen eine Bedrohung für die Gesundheit der Bevölkerung dar. Ob Infektionen nach der Geburt oder Geschlechtskrankheiten, das Händlerviertel schien die Krankheiten anzuziehen. Hier war die Kollegin auch nicht. Mira wanderte an den Stadtrand, zu Füßen der Hügelkette, hinter der irgendwo die Grenze liegen mußte. Lautlos schlich sie durch die Finsternis. Es war Neumond. Ob Alexander noch an sie dachte, wenn er auf die Uhr sah. Plötzlich ein Knacken, schnelle Schritte, ein unregelmäßig jagender Atem. Die Geräusche kamen ihr entgegen. Dahinter Männerstimmen, die spanisch johlten. Mira duckte sich hinter einen Baum. Keine 200 Meter weiter war sie an einer kleinen Hacienda vorbeigekommen. Jetzt stolperte der Flüchtling an ihr vorbei, eine schmale, hochgewachsene Gestalt: Dr. Rijsvlog. Sie hörte die Männerstimmen immer näher kommen, eine kam ihr bekannt vor. Mira zog die Pistole, dann packte sie im Laufen die Holländerin am Arm.

«Psst», flüsterte sie, «hier ist ein Bauernhof, da können wir uns verstecken.» Dr. Rijsvlog nickte.

«Wir kriegen dich, so oder so.» Mira erkannte die gellende Stimme. Sie entsicherte die Pistole und schoß in die Luft. Padre Tinto fluchte. Sie rannten über das Feld, hörten die schnellen Schritte hinter sich. Mira wußte nicht, ob der Bauernhof zusätzlich bewacht würde. Immerhin bot er einige Verstecke. Sie stolperten an einem Holzstoß vorbei. Mira stutzte, riß die haltenden Bretter weg, rumpelnd rollten die Scheite auseinander. Sie hörten ihre Verfolger straucheln und schimpfen. Eine Holzbaracke, eine Scheune oder ein Stall. Atemlos suchten sie das Tor, umrundeten eine Ecke. Endlich, der Riegel zur Seite, leise rein und schnell wieder zu. Es war warm und stank, richtige Landluft, übersatt von den Ausdünstungen der grunzenden Herde. Sie waren im Schweinestall, standen vor einem Gatter. Draußen kamen sie näher, mindestens ein halbes Dutzend Männer, die hinter ihnen her waren, sich auf die Frauen stürzen wollten. Mira öffnete das Gatter und trieb die Schweine hinaus, auf den Weg zur Tür. Dann versteckten sie sich hinter Strohballen. Das Tor wurde aufgerissen, mit Fackeln versuchten sie die Schweine zu vertreiben, aber die Tiere liefen mit schrillem Grunzen panisch durcheinander. Padre Tinto baute sich im Tor auf, vom flackernden Schein der Fackeln zitternd erleuchtet wie ein böser Dämon.

«Also gut, wie ihr wollt. Entweder kommt ihr auf der Stelle aus eurem Versteck und ergebt euch oder wir brennen den Stall ab. Ich gebe euch fünf Minuten Bedenkzeit.» Mira brauchte Dr. Rijsvlog nicht zu fragen. Jetzt kann uns nur noch ein Wunder retten, dachte sie.

Mira griff instinktiv zu dem Stein, der an ihrem Hals baumelte, daneben das Amulett. Sollte ihnen die grob geritzte Figur vielleicht helfen? Unsinn. Sie hob die Pistole, zielte auf einen der Fackelträger. Die Kugel schlug knapp neben seinem Arm ins Holz. Zeternd ließ er die Fackel fallen, die Schweine stoben wild quiekend auseinander. Das Feuer ergriff den Strohboden.

«Scheiße», schimpfte Mira und bedeutete Dr. Rijsvlog, ihr zu folgen. Sie schoß das Tor frei, die Holländerin zerriß ihre Bluse und schlug mit den Fetzen auf die Flammen. Sie hatten ihn nicht näher schleichen sehen, plötzlich packte er Dr. Rijsvlog und hielt der aufschreienden Ärztin eine Klinge an die Kehle. Mira drehte sich blitzschnell um, die Pistole auf ihn gerichtet, ertastete sie mit der Linken das Amulett und hielt es ihm wie automatisch vors Gesicht. Verblüfft starrte der Mann auf die Figur, ließ die Holländerin los, die sich sofort hinter Mira warf. Sie hob die Pistole, zielte auf seine erschrockenen Augen, bis er wegsprang wie ein aufgescheuchtes Reh und in der Nacht verschwand.

Schluchzend fiel ihr die holländische Ärztin in die Arme. Mira setzte sich, anders konnte sie sie nicht halten. Die Schweine waren davon und hatten ihnen das Stroh überlassen. Miras Hand fuhr tröstend über den Nacken der Frau. Sie trug nur noch den Büstenhalter, ihre Schultern waren nackt. Schön, eine so weiche Haut zu tasten.

«Ich danke dir so», sagte Dr. Rijsvlog leise und drückte sie. Draußen krachten ein paar Schüsse. Mira konnte ihre kleinen Brüste spüren. Die harten Warzen rieben durch den Stoff ihren eigenen Busen. Mira holte tief Atem. Sie fühlte die großen Hände der Frau, wie sie über ihren Rücken streichelten, dann tauchte ihr Gesicht auf, und zaghaft wie ein Kind schmiegten sich die geöffneten Lippen auf Miras Gesicht, berührten schüchtern ihren Mund. Mira ließ sich fallen, gab sich hin, genoß den langen, weichen Kuß, die erwartungsvolle Zunge. Neugierig ließ sie sich von schlanken Fingern sacht entkleiden, die sanft über ihre Haut fuhren, gefolgt von den zärtlichen Lippen, die sie überall zu küssen schienen, mit ihrer Brust spielten, über den weichen Bauch, bis in ihren Haarbusch, feinfühlige Finger, die jeden Flecken ihrer Haut zu liebkosen schienen. Ihre Haare sträubten sich vor Angst und Erregung. Mira schloß die Augen, ließ die Schenkel auseinanderfallen, bis alles offenlag, dargebracht wie ein Kelch. Die Zunge klimperte auf ihren Lippen, dudelte in ihrem Mundstück und fiedelte über ihren kitzligen Knauf. Mira ließ sich verwöhnen, von einer Zunge, die wußte, was sie brauchte, eine Zunge, die sie auf dem schmalen Grat der Lust nach oben führte, sie regelrecht antrieb, ein ungebändigter Aufstieg in ungeahnte Höhen. Mira roch sie, das Aroma frisch gepellter Kartoffeln, vermischt mit Waldpilzen, dann spürte sie, wie sich die hungrige Spalte vorsichtig auf ihr Gesicht senkte. Mira schleckte über das feuchte Loch, das unter ihrer Zunge erschauderte, eine Welle, die sich fortsetzte und mit einem Stöhnen bis in Miras eigenes Geschlecht vordrang. Ihre Lust sprang ständig hin und her, ein schwieriger Akt der Koordination, sich dem eigenen Höhepunkt hingeben, in fast dem gleichen Augenblick das Bewußtsein schon wieder zurück in der Zunge, das fremde Geheimnis der Leidenschaft erforschend. Deshalb also war die schlanke Holländerin ihr so nahe gekommen, hatte ihre Hand beim Nähen der Geburtsrisse geführt, die weiche Brust an Miras Leib geschmiegt und vielleicht hatte Dr. Rijsvlog sie deshalb so eindringlich vor dem Commandante gewarnt. Mira erkannte erst jetzt, wie heiß sie ihre Kollegin in der schwülen Hitze des kleinen Krankenhauses gemacht haben mußte, als sie nur das Notwendigste trug, Shorts und ein Trägerhemd, dünne Baumwolle, die ihren Körper kaum verhüllte. Sie wußte von ihrer Wirkung auf Männer, aber das hier war etwas anderes, damit hatte sie nicht gerechnet.

Mira fühlte im Dunkel nach ihrem Rucksack, zerrte ihn heran und zog Helmut hervor. Den ließ sie am blondgelockten Eingang der Kollegin spielen, die Pforte umfahren, bis sich die klaffenden Lippen ihm entgegenreckten, sich auf ihn setzten. Sie rieb und rubbelte Helmut, als wolle sie dort Feuer schlagen. Der Körper der Holländerin zuckte unbändig, in drei, vier kraftvollen Wellen, dann wurde ihr Helmut aus der Hand gerissen und Mira spürte, wie er ihr von behutsamer Kennerhand eingeführt wurde und sein lustvolles Werk begann. Helmut zappelte in ihrer feuchten Grotte wie eine Forelle im Netz, wild und leidenschaftlich, zugleich so sanft, als lägen ihre Empfindungen offen, als fühlten Zunge, Hand und Helmut ganz genau, wo sie jetzt berührt werden wollte und wie sie jetzt gestreichelt werden wollte. Wie lange hatte sie sich seit dem Erlebnis in der Bananenplantage danach gesehnt, verführt und verwöhnt zu werden. Nicht bloß schnell bestiegen von einem aufgeblasenen und selbstgerechten Wichtigtuer, der sich für einen großen Liebhaber hielt. Mira wälzte sich im Stroh, geschüttelt vom Reiz des Neuen, der Spannung des überstandenen Abenteuers, der Enthaltsamkeit und dem Gestank der ängstlich quiekenden Schweine, all das vereinigte sich zu einem stürmischen Höhepunkt, der sie wieder und wieder überschwemmte und kaum enden wollte.

Zufrieden lagen sie sich in den Armen, als sich wieder jemand an dem Tor zu schaffen machte und der Schein einer Laterne in den Stall drängte.

«Ein schönes Vorspiel», sagte die bekannte Gestalt mit dem gewaltigen Brustkorb und leckte sich erwartungsvoll die Lippen.

«Nachdem ihr euch so gut aufgeheizt habt, wartet ihr wohl darauf, daß es euch einer richtig besorgt», sagte Commandante Jorge und trat langsam auf sie zu. Die Frauen versuchten sich hinter den Strohballen zu verstecken. Jorge hielt die Maschinenpistole auf sie gerichtet und lachte. Ruhig und gelassen wie ein Gärtner, der ohne jede Eile zur Ernte schreitet, so folgte er ihnen, trat die Strohballen zur Seite und richtete den Schein der Laterne auf die nackten Frauen. Lüstern drückte er Mira den Lauf der Maschinenpistole an die Brust und spielte mit dem kalten Metallrohr an ihrer Warze.

«Lassen Sie das, Commandante, hauen Sie ab!» Er lachte, sein Gesicht glänzte rot im Licht der Laterne. Er schien betrunken zu sein.

«Nein, so kommt ihr mir nicht davon. Ihr könnt mich doch nicht die ganze Zeit mit eurem Lesbenzeug heiß machen und mich dann einfach stehenlassen.» Er setzte die Laterne ab und löste mit der freien Hand den Gürtel seiner Hose. Mit der anderen Hand hielt er immer noch die Waffe auf die Frauen gerichtet.

«Mit dir werde ich anfangen», grunzte er heiser und schob den Lauf der Maschinenpistole der Holländerin an das hell schimmernde Dreieck, wo sich die Beine vereinen.

«Dich hatte ich noch nicht», sagte er zu der großen Frau, und Mira glaubte Haß aus seiner Stimme herauszuhören. Ohne die Schußwaffe aus der Hand zu legen, zwang er die blonde Ärztin sich hinzulegen und machte sich mit der freien Hand an ihrem Geschlecht zu schaffen.

«Wie naß du bist, du geile Hure», keuchte er.

«Nein», brüllte Swaantje in ihrer Not.

«Halt jetzt still, verdammt noch mal, oder willst du es erst mal hiermit treiben», fragte er und bedrängte sie wieder mit der Maschinenpistole. Geschmeidig und lautlos wie ein Raubtier tastete Mira über das Stroh

«Es ist für die Revolution, schenk der Revolution ein

Kind», stöhnte der Commandante und versuchte wohl immer noch, sein bestes Stück in ihrer Freundin unterzubringen, als Mira sie gefunden hatte. Swaantjes überschlagender Schrei zeigte ihr, daß er weitergekommen war, sie konnte nicht mehr weiter zusehen. Commandante Jorge war zu beschäftigt, als daß er auf das Knacken hätte reagieren können, mit dem sie die Pistole entsicherte und im nächsten Augenblick hatte sie schon abgedrückt, die Kugel zerfetzte seinen Arm und mit einem ungläubigen Gesichtsausdruck fiel ihm die Maschinenpistole aus der kraftlos gewordenen Hand. Mira trat gegen seine Waffe, die laut rumpelnd in die Dunkelheit des Schweinestalls rutschte.

«Runter, sofort runter», schrie ihn Mira an. Das hysterische Kreischen ihrer Stimme war ihr peinlich. Als er ihrer Anweisung nicht folgte, richtete sie den Lauf von der Seite auf seine behaarten Arschbacken und drückte noch einmal ab. Mit einem Schmerzensschrei rollte er von der Holländerin und drückte die Hand auf die schmauch- und blutverschmierte Wunde. Noch nie hatte Mira einen solchen Haß verspürt. Sie atmete schwer und zielte auf seine Brust. Die nackte Angst starrte aus seinen weit aufgerissenen Augen, er glotzte wie ein junger Vogel, der aus dem Nest gefallen ist und sich plötzlich einer Raubkatze gegenüber sieht.

«Es ist gut, laß das», sagte Swaantje mit belegter Stimme. «Er hat genug, bitte töte ihn nicht.» Mira zog am Abzug, sein panischer Blick schien zu flehen, und bevor das Projektil sein Herz durchbohren konnte, senkte sie blitzschnell die Waffe und der Schuß krachte in seinen Schritt.

Lautlos zogen sie sich an. Der Commandante wimmerte leise in seiner Ecke. Obwohl sie nur seine Laterne hatten, kam es Mira ungewöhnlich hell vor. Dr. Rijsvlog sah es als erste, als sie aus dem Stall trat.

«San Carlos brennt. Sie haben die Stadt angezündet. Das ist das Ende.»

Sie rannten zurück in die von Flammen hell erleuchtete Stadt. Beißender Rauch hing in der Luft und raubte ihnen den Atem. Schon von weitem sahen sie, daß alle auf den Beinen waren, um beim Löschen zu helfen. Nur der Commandante nicht, das verdammte Schwein, dachte Mira. Der hatte Besseres zu tun. In diesem Moment hätte sie noch einmal auf ihn schießen können. Das ganze Händlerviertel mit seinen Holzhäusern war ein Raub der Flammen, da war nichts mehr zu retten. Die Bewohner und die internationalen Brigadisten versuchten ein Übergreifen auf die Altstadt zu verhindern. Die Kette, die sie zum Fluß bildeten, der frisch angelegte Graben, die platschnaß aufgehängten Decken, all das wirkte erstaunlich diszipliniert, auch wenn es etwas anrührend Improvisiertes hatte.

«Das Krankenhaus», rief Dr. Rijsvlog und stürmte mit ihren langen Beinen durch die feuerhelle Nacht, so daß Mira kaum Schritt halten konnte.

Man hatte sie schon vermißt, weil keiner wußte, was zu tun sei, als das Flammenmeer immer näher heranrückte. Abuelo José hatte vorgeschlagen, die Patienten auf seinen Kutter zu evakuieren, wo sie einigermaßen sicher vor dem Feuer waren. Auf der anderen Seite des Flußes hatten sich Contras verschanzt und schossen auf alles, was sich bewegte. Eine Handvoll Sandinisten feuerte zurück, der Rest war mit Löscharbeiten beschäftigt.

«Was ist mit unseren ärztlichen Instrumenten?» fragte Dr. Rijsvlog. José zuckte mit den Schultern. Die Flammen begannen gerade an den Wänden der Klinik emporzulecken. Noch konnte man vielleicht zurück. Mira bot an, die Sachen zu holen. Abuelo José ergriff ihren Arm.

«Nein, Se6orita», sagte er, «ich gehe.» Mira wollte widersprechen, protestieren, schließlich wisse sie besser, was benötigt werde und somit gerettet werden sollte, aber sein steinaltes Gesicht war hart vor Entschlossenheit, und so ließ sie ihn ziehen. Schüsse vom anderen Flußufer begleiteten den geduckten alten Mann, als er in einen nassen Poncho gehüllt dem brennenden Krankenhaus entgegenlief. Die holländische Ärztin kümmerte sich um die Patienten, während Mira auf Deck blieb und auf Abuelo José wartete. Es kam ihr vor wie eine Ewigkeit. Noch bevor sie seinen Schatten erkennen konnte, der sich von den hochlodernden Flammen abhob, hörte sie die Contras wieder schießen. Hell erleuchtet gab jeder, der hier ungedeckt stand oder sich bewegte ein leichtes Ziel ab. Mira schoß, um die Contras von dem alten Mann abzulenken. José hatte es geschafft, mit metallischem Klirren ließ er einen Sack mit medizinischen Geräten, Medikamenten und was er noch für wichtig gehalten hatte auf das Deck des kleinen Schiffs sinken.

«Danke», flüsterte Mira und umarmte Abuelo José. Er antwortete nicht. Noch nie war ihr der Körper des Greises so leicht, so zerbrechlich vorgekommen. Ihre Hand strich über seinen Rücken, sie fühlte etwas Feuchtes, Klebriges, ein zarter Geruch von Eisen stieg ihr in die Nase. Erschrocken ließ sie José los und starrte in seine leblos leeren Augen. Für einen Augenblick stand er völlig reglos, ohne jede Bewegung, wie eine Statue, dann kippte er steif nach hinten, fiel über die Reling und seine Gestalt schwamm mit dem Gesicht in den Fluten, die Arme weit ausgebreitet, wie ein Gekreuzigter den Fluß hinab, bis er von der Nacht verschluckt war.

Mira schrie auf, zielte auf das gegenüberliegende Flußufer, wo sie die Schützen vermutete, und feuerte vor Wut in einem fort, bis ihr Magazin leer war.

Die Altstadt konnte vor dem Brand gerettet werden, ebenso wie die Patienten der Klinik. Wie durch ein Wunder war außer Abuelo José niemand gestorben. Obwohl man auf Miras Drängen hin bereits am nächsten Tag zu suchen begonnen hatte, war seine Leiche nie wieder aufgetaucht, so als habe ihn der Río San Juan selbst aufgenommen, als sei er zurückgekehrt. Abuelo José blieb für immer verschwunden.

Den Wiederaufbau des kleinen Krankenhauses leitete Dr. Rijsvlog unter Aufbietung aller ihrer Kräfte. Mira war es nicht entgangen, daß ihre neue Freundin die Anspannung nur noch aushielt, weil sie regelmäßig Beruhigungsmittel nahm. Obwohl die Internationalen Brigadisten kein Opfer im Kampf gegen die Contras zu beklagen hatten, war die Angst in der gemischten Truppe mit Händen zu greifen. Für Dr. Rijsvlog und Mira waren die Contras nicht die einzige Bedrohung in dem aufgewühlten und geschundenen Land. Commandante Jorge kurierte seine Wunden aus, eine Frau würde er nach Miras Schuß aber nie mehr belästigen können, und so schwor er den beiden Frauen blutige Rache. Sie wußten, Jorge würde niemals ruhen, bis er seine Schmach gesühnt sehen würde. Sie durften ihm nie den Rücken zukehren.

Mira vermißte den alten Fährmann. Dies um so mehr, weil sie Swaantjes heimliche Blicke spürte, ihre Sehnsucht nach mehr, nach einer Wiederholung ihres Abenteuers im Stall, sie fühlte die Begierde der Freundin, wie sie unter den dünnen Stoff ihrer Kleidung zu schlüpfen und über ihre Haut zu streichen schien, aber das war es nicht, was Mira wollte. Und so verschloß sich Swaantje wieder, wurde mit jedem Tag wortkarger, stiller, stellte sich selbst ruhig mit jeder Tablette, wie eine Muschel, die sich langsam wieder schließt. Mira hätte gern mehr mit ihr gesprochen, sich über das Geschehene ausgetauscht, aber die Holländerin bestätigte Mira nur, daß sie recht gehandelt habe, als sie geschossen hatte.

Mira war wieder allein. Die gutgemeinte Solidarität der Internationalen Brigade, die Partnerschaften aus anderen Ländern und die Kundgebungen der Sandinisten konnten ihre immer stärker aufkeimenden Zweifel an der Revolution nicht länger ersticken, zu tief klaffte der Abgrund zwischen dem Anspruch an die Menschen des Neuen Zeitalters und dem wirklichen Volk. War es nicht der Kapitalismus, der die Kriminalität hervorbrachte, aber was war dann mit dem Commandante, einem Sandinisten der ersten Stunde? Wo doch die Gleichheit aller angeblich erreicht war, warum hatten die Frauen immer noch so viel weniger zu sagen als die Männer?

Nein, das war es nicht, wonach sie gesucht hatte. Mira stand vor dem Nichts, sie wußte noch nicht einmal, wohin sie gehen konnte, wenn sie weggewollt hätte.

Vier Wochen nach dem Brand, es war der Morgen vor ihrem Geburtstag, konnte sie ihre Anhänger nicht mehr finden. Das Amulett, das ihr der alte Mestize geschenkt hatte, blieb ebenso verschwunden wie der Stein von Alexander. Ach, Alexander! So leer wie jetzt hatte sie sich mit ihm nie gefühlt.

Mira schleppte sich widerwillig in die kleine Klinik. Mindestens ein halbes Dutzend Nicaraguanerinnen erwarteten sie schon. Das war ungewöhnlich. Normalerweise wurden die ersten Patientinnen schon von Dr. Rijsvlog untersucht, die als Frühaufsteherin jeden Morgen als erste im Krankenhaus ihren Dienst tat. Heute fehlte sie. Mira hatte es höchstens zwei- oder dreimal erlebt, daß die pflichtbewußte Holländerin nicht zur Arbeit erschienen war, weil sie selbst erkrankt war. Jedesmal hatte sie jemanden geschickt, um Bescheid zu geben.

Mira untersuchte eine junge Frau, die schon seit Jahren vergeblich versuchte, schwanger zu werden. Sie merkte, daß sie nicht bei der Sache war, das seltsame Ausbleiben ihrer Kollegin beschäftigte sie so sehr, daß sie die anderen Frauen bat noch zu warten und selbst zur Wohnung der Holländerin ging.

Alles blieb still, als Mira klopfte. «Swaantje», rief sie

und trat in das kleine Holzhaus. Hier war Mira noch nie gewesen. Der Vorraum war aufgeräumt; ordentlich, fast pedantisch stand allerlei holländischer Nippes auf einem Regal: eine kitschige Windmühle, ein paar Postkarten mit Grachten und Meer, bunt bemalte Tassen und eine meeresblaue Vase mit frischen roten Tulpen. Dieses Blau kannte sie. Miras Knöchel pochten an die Tür zum zweiten Raum, wohl das Schlafzimmer. Wieder keine Antwort. Mira öffnete die Tür. Friedlich, wie aufgebahrt lag ihre bleiche Freundin mit geschlossenen Augen auf dem Bett, eine *chele*, eine Bleiche, jetzt noch mehr als je zuvor. Mira wußte schon, bevor sie ihn berührte, wie kalt sich der bewegungslose Körper anfühlen würde. Dr. Swaantje Rijsvlog hatte es nicht mehr ausgehalten, ihre Angst mußte ins Unermeßliche gewachsen sein, war nicht mehr mit Tabletten beherrschbar, und so hatte sie aufgegeben, nur noch den einen Ausweg gesehen, die letzte Möglichkeit, die Ultima Ratio jeder Existenz: Selbstmord. Nein, ermordet hatte sie sich nicht selbst, es fehlte doch jede Heimtücke, jedes niedere Motiv; Freitod – noch absurder, wie sollte sie der Tod befreien, gerade als materialistische Sozialistin konnte sie nach dem Sterben keine Freiheit mehr erwarten; ein freiwilliger Tod, das paßte auch nicht richtig, denn die Selbsttötung war nicht wirklich freiwillig, Swaantje hätte gern gelebt, da war sich Mira sicher, aber eben anders.

Die Beerdigung war trist. Für die Sandinisten war Dr. Rijsvlog eine Märtyrerin, gefallen im Kampf für die Revolution. Als der einigermaßen wiedergenesene Commandante Jorge von den Verdiensten der holländischen Geburtshelferin sprach, dabei Mira keines Blicks würdigte, obwohl sie genau spürte, wie der Haß noch in ihm loderte, als sie den letzten Strauß Tulpen auf den Sarg warf, trug Mira das Rückflugticket bereits in der Tasche.

III. Teil

15 «Mira!» Die Überraschung stand ihm ins Gesicht geschrieben. «Ich dachte ...»

«Ja», sagte Mira, «schon gut, ich hatte auch nicht erwartet, so plötzlich zurück zu sein.»

«Setz dich erst mal, willst du einen Kaffee?» Sofort schlüpfte er wieder in die Rolle des großen, fürsorglichen Bruders.

«Bist du allein?» Er sah auf die Uhr und grinste.

«Im Moment ja. Peter kommt frühestens gegen sechs von der Arbeit. Er ist übrigens ein Kollege von dir.» Mira nickte gedankenverloren.

«Wie lange seid ihr schon zusammen?»

«Drei Monate und fünf Tage», sagte Michael.

«Das klingt schon rekordverdächtig.» Er lachte.

«Ist es auch. Aber du kennst das ja, wenn ich mich schon verliebe, dann mit Haut und Haar.» Mira trat zu ihm, er legte seine Arme um ihren Körper.

«Schön, mal wieder so gehalten zu werden», seufzte Mira.

«Hoffentlich sieht uns keiner.»

«Dein Freund kann doch noch nicht kommen, hast du gesagt.»

«Ja, aber vielleicht die Nachbarn ... wenn die mich so sehen, was sollen die bloß denken ...» lachte er.

«Du bist genauso verrückt wie früher.»

«Sag das nicht so laut, Peter ist Psychiater und bisher hält er mich für gesund.» Psychiater, wie Alexander, dachte sie, sagte aber nichts.

«Ich find's trotzdem schön, daß du wieder da bist», sagte er und drückte sie.

«Es geht doch nichts über eine Familie, die zusammenhält.»

«Das kenn ich irgendwoher. Hat Vater dir auch immer die Fabel von den sieben Stöckern erzählt?»

«Klar, wenn sie zusammenhalten, kann sie keiner brechen.»

«Ich will nicht, daß dich jemand bricht, Schwesterchen. War wohl nicht so gut in Mittelamerika», flüsterte er.

Mira schüttelte den Kopf und spürte, wie sie sein Hemd durchnäßte.

«Ich hoffe, du hast noch ein Hemd zum Wechseln.» Sie sah ihn mit tropfnassen Augen an

«Klar. Außerdem hab ich ja jetzt eine Frau im Haus, die für mich die Wäsche macht und bügeln kann.»

«Du Arsch.» Sie stieß ihm den Ellbogen in die Rippen. Theatralisch ging er zu Boden.

«Welch bösen Dämon habe ich genährt, der mich so tückisch meuchelt.»

«Aus welcher Oper ist denn das? Ich glaub, ich bin nicht mehr so ganz auf dem laufenden.»

Sein Männergeschmack hatte sie schon immer vor Neid erblassen lassen. Nein, nicht immer; nicht in der Zeit, als sie mit Alexander zusammen gewesen war. Aber das war vorbei. Jetzt begrüßte Michael seinen sportlichen Freund mit einem leidenschaftlichen Kuß.

«Du bist also die kleine Schwester», sagte Peter und dehnte die aufgeworfenen Lippen zu einem breiten Grinsen. Sein freundlicher Bariton strahlte Ruhe aus. Im Hintergrund röhrte eine dieser englischen Plastik-Popbands. Wahrscheinlich hat Peter die richtige Fachrichtung gewählt, bei der Stimme. ... *Sometimes I feel I got to ...*

«Noch dazu eine Kollegin, schön, was machst du denn?»

«Geburtshilfe», sagte Mira.

«Das ist gut. Ich finde, Frauen sollten das selbst in die Hand nehmen, sie verstehen mehr davon. Wenn ich mir das nur vorstelle ...» Er schüttelte sich übertrieben. ... *Run away, don't touch me please* ... Sie lachten.

«Leider sind fast alle Chefärzte immer noch Männer und sie sind gar nicht deiner Meinung.»

«Ach, diese Heteros!» Sie lachten wieder. ... *Sorry, I don't pray that way* ... Peter wurde gleich wieder ernst.

«Ich fürchte, du hast recht. Kein Job, was?» Mira schüttelte den Kopf. ... *I can't sleep at night* ...

«Hm, mal sehen.»

«Hast du eine Idee?»

«Ich weiß nicht, vielleicht. Mach dir aber bitte erst mal keine großen Hoffnungen.»

«Das sagt er am liebsten zu seinen Depressiven», mischte sich Michael ein. ... *This tainted love you have given* ...

«Ach», Mira tat verblüfft.

«Nein, wirklich. Peter revolutioniert die Psychiatrie ...»

«Michael, bitte!»

«Du hast doch erwähnt, daß du den Patienten nicht wie deine Kollegen erzählst, alles werde gut, weil ihnen das sowieso jeder sagt.» ... *Take my tears* ...

«Schon, aber ...»

«Du holst sie da ab, wo sie sind, hast du gesagt. Und daß du erst mal nach Abhörwanzen suchst, wenn du einen mit Verfolgungswahn hast.»

«Klasse», lachte Mira. «Das gefällt mir. Ein wirklich revolutionärer Ansatz.»

«Mira ist Spezialistin für Revolutionen», erläuterte Michael. «Sie kommt gerade aus Nicaragua.»

«Wow», sagte Peter und strahlte sie an. Wie ungerecht

die Welt sein kann, wäre er nicht ausgerechnet mit ihrem eigenen Bruder zusammen, hätte sie ihn auf der Stelle verführt.

... Sorry I don't pray that way ...

«In der Klinik nennen sie ihn Doktor Anders, wegen seiner merkwürdigen Methoden.»

«Anders ist gut, anders, in jeder Hinsicht», sagte Mira.

Michael hatte ihr die Couch umgebaut und Mira konnte auf dem Futon schlafen. Sie starrte an die Stuckdecke, die im fahlen Mondlicht bleich über ihr hing. Wie es wohl sein würde, für die beiden. Ob sie sich küßten, einen langen Zungenkuß, an dem sie sich mit ihren Bartstoppeln das Kinn wundscheuern würden, zugleich könnten ihre Hände über die gewölbten, haarlosen Männerbrüste fahren, womöglich mit den Warzen spielen und sich am straffen Bauch entlang nach unten tasten. Sie würden die gespannte Kraft der Muskeln fühlen, die haarigen Beine streicheln und das Gehänge suchen. Ob sie wohl die Größe ihrer Schwänze verglichen. Oder machten das nur die «Normalen»? Sie würden ihn jedenfalls in den Mund nehmen, mit den Lippen und der Zunge bearbeiten, ihn lutschen, warum werden sie deshalb von einigen verachtet, wer bläst, tötet nicht, das allein schon wäre es wert; oder einer würde in den anderen eindringen, von hinten, soll die Vorsteherdrüse stimulieren, hatte sie mal gelesen. Mira streichelte sich. Der Vorteil der gleichgeschlechtlichen Liebe: zu wissen, wie sich das anfühlt und was der andere will. Sie spielte mit Helmut. Peters geiles Ding würde sie auch nehmen, in den Mund, in den Hintern, wo auch immer. Obwohl, hier wäre er am besten aufgehoben, dachte sie und drückte Helmut in ihre glitschige Lusthöhle. Er würde es mit ihr treiben, wild auf ihr reiten, so wie er es jetzt vielleicht mit Michael tat, dem er es besorgte, von hinten, ganz tief hinein, in mich hinein, rein in diese Welle der Spannung, bis es zuckt und glüht, vom Scheitel bis in die Zehen, ein taktiles Feuerwerk, der Rodeo der Lust, noch eine Woge und noch eine und dann leuchtend zurücksinken in sanfter Landung. Sorry, Michael, aber ihr seid ja auch nicht monogam.

«Im Mai fliegen wir nach San Francisco, Peter ist da zu einem Ärztekongreß eingeladen, und ich werde die Szene dort mal aufmischen.»

«Bleib bloß sauber, denk an diese schreckliche neue Schwulenseuche», ermahnte ihn Peter.

«Du könntest mitkommen», sagte Michael und schlug sein Ei auf. «Gib mir mal bitte das Salz.»

«Aber das ist doch ein psychiatrischer Kongreß», sagte Mira und reichte ihm den Streuer, ein kleiner, nackter Buddha, dem die Körner aus dem Scheitel rieselten.

«Nicht nur», sagte Michael, «es sind auch andere Ärzte eingeladen, Mark zum Beispiel fährt hin, der ist doch kein Psychiater.» Er sah Peter an.

«Stimmt, es geht um Sexualität und Depression. Das interessiert alle möglichen Fachrichtungen, wie Frauenärzte, Urologen und so weiter. Ich würde mich nicht wundern, wenn sich sogar geschäftstüchtige Orthopäden unters medizinische Volk mischen würden.»

«Ausgerechnet nach Amerika, in die Höhle des kapitalistischen Löwen, dessen Schergen unsere Arbeit in Nicaragua kaputtgemacht haben?»

«Dem Löwen begegnet man am besten in seiner Höhle, damit rechnet er nämlich nicht», sagte Peter. «Außerdem soll Frisco eine wundervolle Szene haben, da hast du nichts zu befürchten, die Boys sind bestimmt keine blutrünstigen Contras. Aber bevor wir dich mit was behelligen, das erst in zwei Monaten ansteht, solltest du dich von der Gegenwart überraschen lassen», setzte Peter mit schelmischem Lächeln fort und formte seine wilden Mick-Jagger-Lippen zu einem schiefen Oval, wie eine liegende Acht, das Zeichen für Unendlichkeit.

«Oh, wie geheimnisvoll», sagte Mira schmatzend und betonte die zweite Silbe spöttisch.

«Ja», antwortete Michael, «mach dich nur lustig über die Heimlichtuerei unserer Eltern. Unter uns ist das anders, das weißt du genau, mein weißes Schwesterherz, also fühl dich wie zu Hause.» Er lächelte sie liebevoll an. Mira spürte einen feinen Stich in der Brust, wie lange war es her, daß sie ein Mann so angesehen hatte, so offen, als ob er tief in ihr Herz blicken konnte. Die letzten Augen, die so warm auf sie gerichtet wurden, waren blau, in dem Ton einer sich niedersenkenden Septemberdämmerung, und gehörten einem großen Jungen mit starken Schultern, der ausgezogen war, das Heilen zu lernen. Ob er es erreicht hatte? Oder ob er statt dessen das Fürchten lernen mußte im Schloßkäfig der modernen Martermedizin? So wie sie selbst. Nein. Das stimmte nicht, das Fürchten hatte sie nicht gelernt, aber ihren Halt, alle Wurzeln hatte sie verloren: Das schöne Ideal des Sozialismus in den Händen von sexistischen Machos, ihr Liebesleben trocken und leer wie eine Wüste, noch nicht einmal eine Heimat konnte sie ihr eigen nennen. Sie irrte umher wie die Schweine im Stall in Nicaragua, als sie und Dr. Rijsvlog gegen die Contras und später gegen den Commandante kämpften.

«Warum ißt du gar nichts von dem gebratenen Speck? Früher hast du den doch immer gemocht. Bist du in Mittelamerika vielleicht Vegetarierin geworden?»

«Nein», antwortete Mira. «Nur von Schweinen habe ich zur Zeit die Nase voll. Wollt ihr mir denn nicht wenigstens eine Andeutung machen, was ihr heute abend mit mir vorhabt?»

«Eigentlich soll es ja eine Überraschung bleiben», sagte Peter und verzog wieder grinsend das Gesicht, «aber so viel will ich dir verraten: es ist eine Ausstellung über den Stab des Magiers, den Diamanten im Lotos, den Stand der Dinge, die Kraft Satyrs, Shivas mächtigen Lingam, den schiefen Turm zu Pisa, die Wiederauferstehung des Herrn, deshalb zu Ostern die Eier, die braucht man schließlich auch dazu, also eine wirklich religiöse Reliquie, aber ich rede schon wieder zu viel, kurz: es ist eine Ausstellung über das entscheidende Teil, das für uns alle die Welt bedeutet.»

Pink Flower, strahlte ihnen eine riesige neonhelle, phallisch gebogene Rose in schrillem Rosa entgegen. Sie betraten ein grell erleuchtetes Café. Im schemenhaften Licht ihrer beschlagenen Brille brauchte Mira minutenlang, bis sie bemerkte, daß sie die einzige Frau unter den Gästen war. Eine echte Schwulenkneipe, in der coole, hübsche Männer an runden Tischen zwischen aufgebahrten Skulpturen saßen und rauchten. Ein unwirklich blonder Junge mit einem seeräubergroßen Ohrring warf sich Peter und Michael an den Hals, Küßchen hier, Küßchen da, wie bei wohlhabenden älteren Damen mit Stil.

«High, schön, daß ihr gekommen seid», quietschte er dramatisch vergnügt.

«Hallo, Sven, das ist meine Schwester Mira. Mira, das ist Sven, ein Freund von uns. Ihm gehört das *Pink Flower.*» Von nahem sah er doch älter aus, als er sich Mira zuwandte und ihr geziert die Hand reichte. Mira mußte tief atmen, als ihr Blick seine Augen traf. Es war unglaublich, so als seien es *seine* unvergeßlichen Augen, das vertraute Blau, das sie so geliebt hatte, oder das sie womöglich immer noch liebte, jedenfalls kam es ihr so vor, wenn sie es plötzlich so klar vor sich sah. Und was, wenn ihr nur die trügerische Erinnerung einen bösen Streich spielte? Beinahe hätte sie den Kopf energisch geschüttelt, als Sven ihren überlangen Blick erkannte und stolz lächelte. «Die hab ich aus Amerika, war kürzlich in San

Francisco, eine phantastische Stadt, jedenfalls für Männer wie uns.» Er lachte. «So ein Blau gibt es im wirklichen Leben gar nicht, da kann man lange suchen, nee, die Kontaktlinsen sind einfach super. Die kann man in allen möglichen Farben haben und auch in einigen *unmöglichen*. Ja, also willkommen Schwester, denn die Schwester einer Schwester ist auch meine Schwester.» Mit großer Geste legte er seine dunkelgebräunten langen Arme um ihren Hals und hinterließ den Duft eines würzigsüßen Parfum, zwischen Anis und Lakritz.

«Mick und Pete haben dir sicher schon alles erzählt, über unsere Vernissage heute und über die wonderful und sweet Exhibition unseres Freundes Bob Hallenski ...»

«Äh, nein, um ehrlich zu sein, sie haben mir überhaupt nichts gesagt, es sollte wohl eine Überraschung werden ...»

«Hach ihr pösen Puben, wolltet mit unserer Schwester Mira einen Chapernack treiben?» Er imitierte den Pilatus aus dem Leben des Brian so gut, daß ihr Bruder und sein Freund sofort hemmungslos losgackerten. Sven bugsierte sie elegant zu einem freien Tisch und setzte sich erst zu ihnen, nachdem alle anderen Platz genommen hatten. Mira blickte sich um. Niemand schien die ausgestellten Objekte genauer zu betrachten. Überall saßen oder standen Männer und unterhielten sich. Hinter ihrem Tisch stand eine der Skulpturen, ein übergroßer Phallus, der einem Pferd alle Ehre gemacht hätte. Mira staunte über die anatomische Genauigkeit der Darstellung, selbst die Adern und Unregelmäßigkeiten der Vorhaut waren zu erkennen. Hier in der Galerie der Schwänze würde auch ihr Helmut eine gute Figur machen.

«Bob macht herrliche Plastiken ...» Er blinzelte wollüstig, als er fortsetzte: «Und sie sind so praktisch, man kann sich so richtig mit ihnen ... na ja, ihr wißt schon, und die Größe läßt sogar jeden Faustfick alt aussehen.» Das Ding konnte jede Körperöffnung ausfüllen, als wolle es den Körper sprengen. Sie bräuchte mal wieder was, es juckte ihr zwischen den Beinen. Immer wieder nur Helmut, langsam ödete er sie an. Mira wollte einen richtigen Mann mit einem richtigen Schwanz, nicht mehr nur die Totenmaske eines Unbekannten. Dafür würde sie Helmut liebend gern hergeben. Vielleicht war es auch einfach an der Zeit, sich von ihrem Begleiter, diesem Erinnerungsstück eines harten und kalten Studiums, zu trennen.

Ohne Vorwarnung ging das Licht aus, im hinteren Bereich des Cafés blitzten Spots auf und bestrahlten drei bunte Gestalten. Sven war aufgestanden und brüllte in ein Mikrofon:

«Liebe Freunde, begrüßt mit mir die *Heiligen drei Königinnen*!» Die grell geschminkten Sängerinnen wurden mit ohrenbetäubendem Beifall begrüßt. Jede trug ein enges Glitzerkleid in einer anderen knalligen Farbe. Die Schwarze war grün gekleidet, auf dem Kopf hatte sie eine lange blonde Perücke. Die Musik kam vom Band, als das Trio mit männlichen Stimmen zu singen begann.

«Relax, don't do it when you wanna come
When you wanna suck, don't do it ...»

Eine Reihe der Gäste war aufgestanden und jubelten den Transvestiten zu. Mira sah zu Michael und Peter hinüber. Sie tuschelten und lachten, offensichtlich amüsierten sie sich bei der verrückten Show. Die Sängerinnen warfen ihre Federboas und Kleider ins Publikum. In Strapsen und bunter Unterwäsche tanzten und sangen die drei weiter, reckten die falschen Brüste, wackelten mit ihren ausgepolsterten Hüften.

«Relax, don't do it.» Nein, dachte Mira, Helmuts Zeit ist abgelaufen. Außerdem wäre es doch spannend, zu sehen, wie sich ihre Skulptur zwischen all den anderen Kunstwerken ausnahm. Ein weiterer Blick zeigte ihr, daß alle an ihrem Tisch gebannt auf die improvisierte Bühne starrten. Unter einem dahingemurmelten Vorwand, den sie sich genausogut

hätte sparen können, stand Mira auf und flanierte zwischen den Tischen entlang. Die Skulpturen standen alle aufrecht oder schräg auf kleinen weißen Kästen, so, als läge der Besitzer des edlen Teils darunter auf dem Rücken. Die auf die Tänzerinnen gerichteten Strahler tauchten das Lokal in ein Halbdunkel, auf den glänzenden Eicheln tanzten bunt schimmernde Lichtflecken. Einige schienen die natürliche Größe zu haben, teilweise war auch der Hodensack mit praller Füllung dargestellt. Ob hier einer die Schwänze seiner Liebhaber verewigt hatte? Mira betastete verstohlen die Eichel. Fühlte sich ganz hart und kalt an, wie aus Metall. Genau die richtige Umgebung für Helmut. Mira langte in ihre Tasche und zog ihren Silikondildo hervor, die andere Hand so davorgelegt, daß ihn niemand sehen konnte. Eine überflüssige Vorsicht, denn immer noch galt die Aufmerksamkeit der Besucher den tapfer singenden falschen Frauen. Sie schob sich vor die Skulptur mit dem dicken Sack und setzte Helmut vorsichtig daneben ab. Ihr treuer Dildo wirkte neben der enormen Penisplastik klein und zierlich, so, als hätte das Kunstwerk ein Kind bekommen. Offenbar hatte sie keiner beobachtet, und so schlenderte sie zurück zu ihrem Tisch. Alle klatschten. Mira sah sich irritiert in der Runde um, dann begriff sie, daß das Lied zu Ende war.

«Phantastisch, unsere lieben heiligen drei Königinnen», schwärmte Sven und klatschte als letzter immer noch.

«Wo ist eigentlich Bob», wollte Michael von ihm wissen.

«Ich hoffe, er kommt gleich. Nicht, daß er wieder unten im Darkroom steckt und sich einen blasen läßt, während wir hier seine Ausstellungseröffnung feiern dürfen.»

«Das würde aber zu Bob passen?» warf Peter ein, «wenn er die Wahl zwischen seinen Skulpturen und einem echten Schwanz hat, dann braucht er nicht lange zu überlegen.» Ein kleiner, untersetzter Mann mit dunkelblondem Schnäuzer und fast kahlgeschorenem Schädel trat an ihren Tisch. Er trug eine knallenge Jeans, in die er ohne Werkzeug kaum reingekommen sein konnte, und ein weit ausgeschnittenes T-Shirt, unter dem sich eine muskulöse Brust abzeichnete, die Frucht ungezählter Stunden Krafttraining.

«Bob», rief Sven, «schön dich zu sehen. Wir fürchteten schon, du wärst irgendwo steckengeblieben.»

«Aber wenn man vom Schwanz redet, ist der Mann nicht weit», sagte Peter.

«Bob, das ist Mira, Michaels Schwester», stellte sie Sven vor.

«Sie ist extra aus Nicaragua rübergeflogen, um deine Ausstellung zu sehen.»

«Ach, Michael», versuchte Mira abzuwiegeln.

«Ist das wahr?» fragte sie der Künstler und sah sie mit großen Augen an. Wieso dehnte er das erste Wort so und rollte das «R» so rauh? Dieser Akzent kam ihr bekannt vor. Als er sich mit Sven und ihren Freunden unterhielt, wurde ihr plötzlich klar: Ja, natürlich, Bob sprach die Wörter slawisch aus, genau wie Alexander. Das war doch wie verhext, sie wurde heute zum dritten mal an ihn erinnert. Plötzlich fühlte sie sich entsetzlich alt und müde. Mira hing trüben Gedanken nach, die ihre Vergangenheit in ein düsteres Licht tauchten, als einer der Kellner Sven etwas ins Ohr flüsterte.

«Da möchte einer deine Doppelplastik kaufen», erklärte Sven.

«Was für eine Doppelplastik?» fragte Bob zurück.

Peter lachte. «Das gibt's doch gar nicht. Da hast du endlich einen Interessenten für dein Kunstwerk und dann tust du so, als würdest du es noch nicht einmal kennen.» Bob Hallenski starrte ihn verständnislos an.

«Bob, du bist ein altes Schlitzohr», sagte Sven. «Der Mann ist vor allem an dem Kleinen interessiert.»

«Was für einem Kleinen?» fragte Bob.

«Bei allen bösen Onkels und guten Tunten! Hör auf uns zu verarschen.»

«Zeig mir, was du mit Doppelplastik meinst», bat Bob. Mira stand unaufgefordert auf und ging mit ihnen zu dem Objekt. Unterwegs fragte sie Peter flüsternd, ob Bob aus Rußland sei.

«Er ist Pole», raunte Peter zurück. Um die Skulptur hatte sich eine Traube von Männern gebildet. In der Mitte thronte der übergroße dunkle Eisenschwanz, wie vertraut an ihn gelehnt stand Helmut in seiner ganzen Silikonpracht. Ein Mann, riesig und rund wie ein Bär, dem jemand einen gräßlich bunten arabischen Burnus übergeworfen hat, dozierte wichtig: «... gerade die minimalistische Beschränkung in Form und Größe, diese explizite Verweigerung gegenüber dem pseudomodernistischen Größenwahn demonstriert den lautstarken Anspruch auf künstlerische Authentizität ...»

Peter bemerkte Miras fragenden Blick. «Das ist Dr. Einhard Rasch-Risotto, der wichtigste Galerist dieser Stadt. Daß der überhaupt gekommen ist ...» Der Galerist hatte sie jetzt offensichtlich bemerkt.

«Oh, einen wunderschönen Tag wünsche ich Ihnen, mein lieber Herr Hallenski», dröhnte er mit voller Stimme durch den ganzen Raum und stürzte sich auf den verdutzten Bob, um ihm wie wild die Hand zu schütteln. Der kam gar nicht zu einer Antwort, denn Dr. Rasch-Risotto setzte seinen Vortrag übergangslos fort. «Es verschafft einem bescheidenen Repräsentanten des Kulturbetriebs immer wieder eine klammheimliche Freude, wenn er feststellt, daß seine Kritiken und Appelle schließlich doch noch zu Herzen genommen werden. Und so ist es heute für mich ein ganz besonderes Vergnügen, daß Sie, lieber Herr Hallenski, endlich von den übergroßen Objekten zu einfachen, handlichen und praktischen Skulpturen zurückkehren, wie ich es Ihnen schon seit Jahren predige.» Der angesprochene Künstler starrte ungläubig auf Helmut.

«Gerade im Kontrast wirkt sie besonders gut», fügte Michael fröhlich hinzu. Bob schüttelte den Kopf. Dann schloß er die Augen für einen Moment, riß sie wieder auf, und als er immer noch das Gleiche sah, bekreuzigte er sich. «Eine Performance, jetzt zeigt er sogar eine Performance», flüsterte jemand. Mit angeekeltem Gesicht, so als müsse er in eine Jauchegrube fassen, nahm Bob Helmut und starrte ihn feindselig an. «Der ist nicht von mir», rief er mit seinem osteuropäischen Akzent und schleuderte den Dildo hinter sich. Aus den Augenwinkeln sah Mira, wie ihr Bruder mit anderen in die Höhe sprang, um den fliegenden Schwanz zu fangen. Die Zuschauer johlten und klatschten ausgelassen. Bevor irgendein anderer zu Wort kam, schüttelte Dr. Rasch-Risotto wieder die Hand des Künstlers. «Eine wirklich beeindrukkende Vorstellung, die beste Performance des letzten halben Jahres. Alles wirkte so echt. Ein wahrhaft beeindruckendes Debüt, schließlich sind Sie bislang noch nie mit dieser so sträflich unterschätzten Kunstform an die Öffentlichkeit gegangen. Weiter so, mein Junge.» Wieder wurde geklatscht. Rasch-Risotto klopfte dem verwirrten Bob Hallenski auf die Schulter, und sie stießen auf die Kunst an. Mira spürte einen harten Druck am Hintern. Welcher Mann würde hier so unverschämt ... Michael grinste ihr ins Gesicht, als sie sich überrascht umdrehte.

«Ich hab was für dich», sagte er, «ein kleines Geschenk, das du im Moment bestimmt gut gebrauchen kannst, zumindest solange du solo bist. Ich habe es extra für dich aufgefangen.» Er zog seine Hand, die er auf dem Rücken gehalten hatte, hervor und drückte ihr ein langes Ding in die Hand, das sich ganz echt anfühlte. Mira seufzte.

Es war Helmut.

16 Peter führte sie durch die Hallen, wo die Ärzte in kleinen Gruppen den Begrüßungssekt schlürften. Vier fünftel Männer, alle in Anzügen, gedeckte Farben, eben konservativ, wie Mediziner so sind. Der elegante Mann an ihrer Seite, dessen Anzug im italienischen Schnitt seinen durchtrainierten Körper betonte, fiel unter den häßlich angegrauten Herrschaften auf. Mira fühlte sich am falschen Platz.

«Ich werde dir heute noch einige interessante Kapazitäten vorstellen, glaub mir, das wird dir noch Spaß machen.» Der hat gut reden, er kriegt seinen Spaß. Wahrscheinlich jede Nacht.

Ein Gong rief sie zur ersten Veranstaltung. Ein großer Konferenzraum mit viel Plüsch, alles gut gedämpft, Schritte, Stimmen und Licht. Peter hielt ihr den Veranstaltungsplan hin, wollte Mira erklären, welche Referate er für besonders interessant hielt, aber sie mochte nicht, würdigte den Plan keines Blicks, rekelte sich im schweren, dick gepolsterten Stuhl und wartete auf das erste Dia, welches den Raum in unwirkliche Nacht tauchen würde. Sie gähnte bereits jetzt. Den Flug hatte sie noch nicht richtig überstanden, und langweilige medizinische Vorträge waren das beste Schlafmittel überhaupt, das wußte sie noch aus dem Studium.

Ein zu kurz gewachsener Brite, dessen quer über den Schädel gekämmtes Haar seine Glatze allenfalls dürftig verbergen konnte, trat vor die Leinwand und räusperte sich lautstark ins Mikrofon.

«Das Thema meines ähem Vortrags ist sexuelle Erregung und Vigilanz, ähem.» Miras Lider zogen sich magnetisch zusammen, sie fühlten sich an wie ein Paar untrainierter Füße nach einem Marathon. Die monotone Stimme des Engländers erinnerte sie an ein Wiegenlied.

«Sexuelle Erregung und Wachheit ist ein hervorragendes Thema», raunte ihr Peter ins Ohr, so nah, daß Mira heftig erschrak.

«In der Tat ähem konnte unsere Forschungsgruppe an einem Kollektiv von normal sexuell erregbaren Frauen …»

«Also ich zum Beispiel bin nach morgendlichem Sex immer hellwach. Das ist besser als Kaffee, vor allem muß man davon nicht so viel pinkeln», erklärte Peter.

Mira balancierte ihren Kopf wie eine massive Tonvase, ständig drohte er ihr runterzufallen.

«… Die Aufmerksamkeit der Frauen wurde anhand eines Fahrsimulators überprüft, während …» Mira fuhr zusammen, als sie gegen Peter fiel. Schnell richtete sie sich wieder auf. Peter grinste sie mit seinen vollen Lippen im Halbdunkel an. Verdammt, was sah der gut aus, und was sehnte sie sich mal wieder nach einer richtig heißen Nummer.

«… die Frauen wahlweise oral, manuell oder mittels eines eingedrungenen Glieds ähem stimuliert wurden …» Ein eingedrungenes Glied, das wäre was. Mira fühlte sich so stimuliert, daß sie jetzt gern eins hätte, zum Eindringen. Mit Peter, das wäre schön.

«Im Fahrsimulator wurde die Summe der Fahrfehler in umgekehrte Beziehung gesetzt zum Erregungsgrad, der in der Tat anhand von ähem Feuchtigkeitsmaß der Scheide, Größenzunahme der klitorialen Schwellkörper sowie Atem- und Herzschlagbeschleunigung bestimmt wurde …» Im Fahrsimulator; mit Alexander hatte sie es im echten, fahrenden Auto getrieben. Das hat etwas, dieser gleichmäßige Rhythmus, genauso im Zug, wahrscheinlich auch im Flugzeug, natürlich erst recht auf einem Pferd, auf dessen Rücken sich schon für Millionen junger Mädchen das Glück mit an den heißen Tierleib gepreßten Schenkeln in ungeahnte Höhen treiben ließ.

«Sehr interessant, in der Tat fand sich kein signifikanter Unterschied in der Wirkung der oben erwähnten Stimulationsformen …»

«Ist das bei dir auch so?» fragte Peter leise. Mira hätte

am liebsten in seinen italienischen Designerschoß gegrabscht und ihm sein Ding rausgerissen. Die Tatsache, daß er schwul war, hielt sie nicht davon ab, im Gegenteil, welche Frau würde es nicht gern einmal ausprobieren, wie es mit so einem ist, der womöglich noch zärtlicher sein kann, nein, es war mehr eine Form familiärer Solidarität, sie hätte es nicht übers Herz gebracht, ihren Bruder so zu betrügen. Außer in Gedanken.

«Ich mag die Abwechslung. Routine, Gewohnheit und Langeweile sind die natürlichen Feinde jeder Erotik», raunte sie zurück. Hinter ihnen schnarchte einer.

«Die Wachheit ließ sich im Rahmen der sexuellen Manipulationen um 69 % steigern, ein Wert, der deutlich über der Zunahme nach der Zufuhr von 100 mg Koffein liegt, was einer Tasse Kaffee oder zwei Tassen Earl Grey entspricht, eine Form, die ich persönlich ähem als Brite bevorzuge.» Nur wenige lachten so bemüht wie der Vortragende selbst. Mira lugte ins Halbdunkel. Überall zusammengesackte Gestalten, als hätte Dornröschen ein Altersheim eingeschläfert. Nur Peter starrte angestrengt nach vorne. Seine Hose warf eine dicke Falte im Schritt. Ein großer Nachteil der weiten Hosen: die Erregung der Männer verliert sich in der unendlichen Weite des Stoffs.

«In der Tat läßt sich eine stärkere Anhebung der Wachheit nur mit Amphetaminen oder Kokain erzielen, beides Substanzgruppen, die ähem mit erheblichen Risiken und Nebenwirkungen behaftet sind.» Wieder schien der britische Professor Gelächter zu erwarten, aber es rührte sich weit und breit kaum noch was. Das Dia zeigte einen Cocainstrauch und war so dunkel, daß es Mira kaum noch als Risiko empfand, ihre Hand in die Hose gleiten zu lassen, bis unter den Slip, und ein wenig an sich herumzuspielen, während sie sich Peter nackt am Strand vorstellte.

«Ähem, ich danke Ihnen für Ihre Aufmerksamkeit.»

Peter und höchstens zwei weitere Handpaare vermochten zu klatschen, als das Licht so schnell wieder anging, daß Mira die Hand vorher gar nicht zurückziehen konnte.

Langsam rappelten sich alle wieder auf. Peter schien nichts bemerkt zu haben, oder er zeigte es zumindest nicht. Sie tranken Kaffee mit einem amerikanischen Kollegen, den der Freund ihres Bruders schon länger zu kennen schien.

«Oh, Sie kommen auch aus Westdeutschland, Frau Dr. Lubek, wie schön», sagte er. «Dann freuen Sie sich sicher, daß ich Ihnen einen Kollegen vorstellen kann, ein habilitierter Gynäkologe.» Und schon hatte der Amerikaner einen Anzugträger aus einer anderen Traube gefischt. Das war *er*. Mira erkannte ihn sofort, das gleiche angefrorene Lächeln, seine gefällige Maske über der Bosheit.

«Unser lieber Professor erlebte mit dem Thema unseres Kongresses vor wenigen Jahren eine persönliche Tragödie.» Er sah den Professor fragend an, der nickte unmerklich.

«Seine Frau – ein wirklich schreckliches Ende, ihr Tod. Ganz plötzlich, nie hatte sie Symptome einer Depression gezeigt.» Mira schluckte.

«Das tut mir leid für Sie.» Wenigstens schien er sie nicht wiederzuerkennen, oder er zeigte es zumindest nicht. Mira überstand noch einige Floskeln, bis sie sich unter einem Vorwand aus der verbalen Umklammerung lösen konnte. Nur raus aus dem Hauptsaal. Dem mußte sie nicht wieder begegnen. Besser in einen der kleinen Vorträge, hier war es sowieso nicht besonders prickelnd gewesen für das Thema. Sie wandte den Kopf, verhakte den Blick auf dem unsympathischen Professor, den sie so kannte und haßte und dem etwas passiert war, das ihr leid tat, jedenfalls dann, wenn es tatsächlich ihretwegen gewesen sein sollte, damals, als sie sich rächen wollte mit dem Foto, sein Leben stören wollte, weil er so rücksichtslos in ihrem herumgetrampelt war. Aber typisch, das Opfer war wieder die Frau, eine Frau, die sie noch nicht einmal gekannt hatte. Schon die zweite Tote. Leichen pflastern meinen Weg; ob sie wohl auch auf Tulpen stand? Ohne Vorwarnung rammte sie eine kraftvolle Schulter, der Treffer auf ihrer Stirn trotz Anzug ungebremst. Sie knallte hin, voll auf den ausgedünnten Teppichboden.

Mira schlug mit Mühe die Augen auf. Diese strahlenden Himmelstupfer kannte sie. Lange her, aber genauso blau wie früher.

«Entschuldigung, es tut mir leid, ich habe nicht aufgepaßt, war einen Augenblick abgelenkt, ich hoffe, es ist zu keiner Verletzung gekommen . . .» Er vermied die direkte Anrede, wohl aus Angst vor der Entscheidung, Sie oder du. Dabei mußte Alexander sie doch auch erkannt haben, es war schließlich mehr gewesen als das Abenteuer einer Nacht.

«Nein, nein, es geht schon wieder. Außerdem wäre hier die Hilfe nicht weit, bei mehr als zweihundert Ärzten aus aller Welt.» Sie lachte nervös.

«Aber das sind alles bloß Frauenärzte und Psychiater, keine besonders vertrauenserweckenden Notärzte.» Jetzt lachte auch er. Er hatte sich verändert, war breiter geworden, nicht mehr der allzu früh Hochgeschossene. Das kurzgeschorene Haar nur wenig schütter, von silbrigen Fäden durchzogen schimmerte es wie Lametta im Mondlicht; auf der Stirn, da hatten Zweifel erste feine Linien eingegraben, die Landkarte fürs Alter.

«Es . . . es war meine Schuld, ich habe nicht auf meinen Weg geachtet . . .»

«Aber . . .»

«Schon gut – wie geht es dir? Wir haben uns lange nicht gesehen.»

«Gut», sagte er und bemühte sich um einen geeigneten

Gesichtsausdruck. Die höfliche Gegenfrage, aber alles irgendwie steif und förmlich.

«Auch gut», nickte Mira, schneller als notwendig und als ob ihr Kopf aus der Bahn geraten sei oder einem eigenen Kopf folge, so drehte er ab, in ein trauriges Schütteln.

«Nein, nicht wirklich. Eigentlich geht es im Moment eher lausig.»

«Das tut mir leid. Lief es nicht so gut in Nicaragua?»

«Nein.»

«Schade. Nun ja, um ehrlich zu sein – bei mir sieht es im Moment auch nicht so toll aus. Ich bin seit drei Monaten geschieden.»

«Herzliches Beileid. Ich wußte ja noch gar nicht, daß du überhaupt verheiratet warst.» Eine Spur Ironie schlich sich in ihre Antwort. Sie sahen sich an, ernst, fremd geworden, zwei höfliche Kollegen, Landsleute mit einem Fetzen gemeinsamer Vergangenheit. Ein Moment auf der Kippe, eine Einladung zum Kaffee, oder was auch immer, jedenfalls Fußangeln aus Anstand, und jeden Augenblick schielte die Peinlichkeit hinter freundlichen Gemeinplätzen hervor. Vielleicht ist ihm die Begegnung unangenehm. Oder auch nicht, schließlich hat er die Scheidung erwähnt, sollte das heißen, sieh her, ich bin wieder frei. Oder bedeutet es, ich bin fertig, fertig mit den Frauen. *No women, no cry.*

«Äh, tut mir leid, Mira, ich ... ich habe hier ein Referat zu halten, das ist wichtig.» Wenn er sich nur nicht ständig entschuldigen würde. Ist das schlechte Gewissen alles, was die Frauenbewegung bei den Männern bewirkt hat?

«Ja, also, wir sehen uns.» Und weg war er.

«Alex», rief sie und wollte hinterher. Ein schmerzender Stich im Knöchel ließ sie zusammenklappen. Sie biß die Zähne aufeinander, aber sie konnte nur träge humpeln.

Das Referat war ausgezeichnet, das hatten sogar seine Kollegen zähneknirschend eingestanden. Ein richtiger Hechtteich, das Kollegium an der Universitätsklinik, aufgescheuchte junge Wölfe, ein eifersüchtiges Rudel, mit neidvollen Augen über jeden Schritt des anderen wachend. Er würde es halten und hätte sich so bewährt, wäre bereit für höhere Aufgaben, wie der Psychiatrieprofessor angedeutet hatte. Immerhin diente es auch dem Renommée seines Hauses und somit seinem eigenen Ansehen. Mira hier, welche Überraschung. Sie kann einem leid tun, auch wenn es absehbar war. Sie stürzt sich eben immer ganz hinein, bei allem, in der Revolution und im Bett. Was für eine Frau. Wie kommt sie eigentlich hierher, aus Nicaragua gibt es keine Delegierten, oder wollen sie jetzt die Medizinerkreise des Klassenfeindes unterwandern. Die ersten Anzeichen von Verfolgungswahn, nicht ungewöhnlich bei Menschen, die in einer Diktatur gelebt haben. Wie sie jetzt wohl ist, ob sie sich immer noch so hemmungslos hingeben kann, voll konzentriert, ganz eins, wie erotisch erleuchtet. Wie lange ist das her; mit Birgit war es mehr ein gemütliches Herdfeuerchen, so neben Miras Feuersbrunst. Iris Stich hatte etwas von dieser Gewalt, nur für eine kurze Begegnung, mehr wäre mit ihr nicht möglich gewesen, zu sehr hatte die sich schon ins Vorzimmer des Todes zurückgezogen. Mira, die hatte beides, den Draht ins Jenseits und die leidenschaftliche Lust zum Leben. Aber Mira gehört der Geschichte an, die Gegenwart hielt er in Händen, einen säuberlichen Ordner mit Graphiken und Kurven und Gesetzmäßigkeiten, fünf Jahre Forscherfleiß zu farbigen Dias kondensiert. San Francisco war bloß ein Test, hatte ihm ein freundlicher Kollege gestanden. Der Psychiatrieprofessor wollte die Wirkung seiner Arbeit auf das ärztliche Auditorium beobachten, bevor er selbst bei dem großen psychiatrischen Weltkongreß in London vor das Mikrofon träte. Das war sein Recht als Chefarzt, auch wenn die Erkenntnis schmerzte.

Nein, so einfach würde sie ihn nicht entkommen lassen. Damals, da hatte sie ihn verlassen, war fortgelaufen, mußte vor der Enge einer Medizinerehe fliehen, keine eigene Perspektive vor Augen. Da erschien der Weg zur Sonne, zur Freiheit wie eine sozialistische Verheißung. Jetzt hatte sie sich ausgetobt, der Sturm zur Weltverbesserung war zur Ruhe gekommen, sie wußte, das kleine, sympathische Land in Mittelamerika konnte sich nur selbst retten; genauso trug sie die Verantwortung für ihr eigenes Leben und ihr eigenes Glück. Sie hatte keinen Mann mehr kennengelernt, der ihr annähernd so viel bedeutet hätte wie Alexander. Und der mußte sich um sein Referat kümmern. Nein, so nicht, sie mußte ihn wiedersehen, und wenn sie den ganzen Kongreß platzen lassen oder dafür das Nobelhotel in Brand setzen müßte. Sie hatte nichts zu verlieren, konnte nur gewinnen. Wie ein Zeichen, man könnte fast gläubig werden, bei einer solchen Begegnung, ausgerechnet in San Francisco.

Er hatte gesagt, er wolle ein Referat halten. Sie würde ihn festhalten, einfangen mit einem Spinnennetz. Aber wie konnte sie ihn unter Hunderten von Ärzten finden, behindert wie sie mit ihrem geschwollenen Knöchel war. Ihr Kopf arbeitete fieberhaft, sie wollte nicht länger warten, kein Risiko eingehen. Zunächst jedoch mußte sie wieder mobil werden, irgendwie.

Mira sah sich um. Ein Konferenzsaal mit niedriger Decke, in dem sich ältere Ärzte mit Sekt zuprosteten, die zweite Hand zumeist in der Hosentasche. Keiner beachtete sie. Gefüllte Sektgläser standen auf einem Teewagen, bewacht von einem uniformierten Schwarzen. Sie rappelte sich auf, humpelte zu dem Teewagen und stieß so fest dagegen, daß die Sektkelche umfielen und sich ihr Inhalt auf den Boden ergoß.

«*Oh, sorry*», sagte Mira zu dem Hotelangestellten, «haben Sie etwas zum wegwischen?» Der uniformierte Schwarze ging, um einen Lappen zu holen. Mira setzte das Tablett mit den umgestürzten Gläsern vorsichtig auf den Boden, stützte sich auf den Griff des Teewagens und humpelte mit ihrer rollenden Krücke aus dem Konferenzraum. Auf dem Flur standen kleine Gruppen bei Sekt oder Kaffee zusammen, im Hintergrund bunte Stände von Pharmafirmen.

«Gibt es hier eine Lounge für die Referenten?» fragte sie einen wichtig aussehenden Mann in Grau: grauer Anzug, dürftiger grauer Haarkranz. Er betrachtete sie von oben bis unten, stockte am Teewagen.

«Die Referenten, können Sie mir sagen, wo ich die Referenten finde?» hakte sie nach. Der graue Mann schien aus einer Trance zu erwachen, als er endlich antwortete.

«Der Vorbereitungsraum ist im Konferenzzimmer *Venus von Milo.* Aber dort dürfte im Moment …» Noch bevor er geendet hatte, rollte Mira weiter, hüpfte mit dem gesunden Fuß. *Venus von Milo,* war sie an dem Raum nicht vorbeigekommen, als sie Peter herumgeführt hatte? Ein Gong ertönte, die Gesprächsgruppen zerstreuten sich und strömten in die Vortragsräume. Mira wurde von dem Strom beinahe mitgespült, mühsam kämpfte sie sich mit dem Teewagen weiter, die Augen aufgerissen, um ihn ja nicht zu verpassen. Weit und breit kein Alexander. Endlich leerte sich der Flur, das Hauptreferat wurde über Lautsprecher übertragen. Ein Italo-Amerikaner begann zu reden, während Mira die Türschilder las.

«Endogene Depressionen sind gekennzeichnet durch eine kontinuierliche Abnahme der sexuellen Begierde …» *Amor's Arrow,* las Mira. Immerhin näherte sie sich schon der Götterwelt.

«… Umgekehrt führt fehlende sexuelle Erfüllung zu einer reaktiven Depression …»

«Kann ich Ihnen helfen?» Ein gutgekleideter Mann fragte sie freundlich, sein Lächeln schien nur schief, wenn er auf den Teewagen starrte. Miras Knöchel brannte höllisch. Wahrscheinlich ein Hotelmanager, der annahm, die seltsame junge Frau sei womöglich eine Patientin, mitgebracht von einem der Nervenärzte. Mr. Cerberus stand auf seinem vergoldeten Namensschild.

«... Erschwert wird die Problematik dadurch, daß antidepressive Psychopharmaka häufig als Nebenwirkung zu Störungen der Sexualfunktionen führen ...»

«Nun, vielleicht», sagte Mira, «können Sie mir sagen, wo ich den Raum *Venus von Milo* finde?» Mr. Cerberus strahlte sie an.

«Selbstverständlich, Madam, Sie stehen schon fast davor, die zweite Tür links. Ich führe Sie gerne hin.» Mr. Cerberus ging voraus, Mira humpelte hinterher.

«... Ist das erste Symptom einer Depression der Verlust des sexuellen Appetits ...»

Sie waren da. Gleich würde sie ihn wiedersehen. Lächelnd öffnete Mr. Cerberus die Tür, die letzte Grenze, die sie von ihm trennte. Mira erwartete, Alexander endlich wieder in die Arme schließen zu können und rollte hinein.

«Das hätte ich mir nie träumen lassen, daß ich dich noch einmal wiedersehe und dann ausgerechnet hier», sagte eine bekannte, atemlose Männerstimme.

«Ja, es ist so lange her ... ich bin so glücklich», quietschte eine weibliche Stimme unter dem halbnackten Männerkörper hervor, der sie mit wilden Stößen auf einem Konferenztisch zwischen Diareihen zu bearbeiten schien.

«... so wurde die Melancholie bereits im griechischen Altertum mit verordnetem Geschlechtsverkehr erfolgreich behandelt ...»

Die beiden schienen sie nicht zu bemerken, Mira klappte der Unterkiefer auf die Brust.

17 Eben hatte sie doch noch mit ihm gesprochen, war ihm vorgestellt worden, mußte Beileid heucheln, weil er den armen Witwer abgegeben hatte, grau und vorgealtert. Und jetzt das, ausgerechnet wieder mit ihr, der naiven Kommilitonin, der sie sich anvertraut hatte, als sie Ärger mit dem Professor hatte, nicht ahnend, daß dieses Dummchen mit der piepsigen Stimme nur ein paar Stunden später mit dem geschmacklosen Gynäkologen vögeln würde. Die Lautsprecheranlage mußte auch von hier aus zu bedienen sein. Tatsächlich, direkt neben der Tür befand sich ein Schalter für das Mikrofon. Mira drückte ihn lautlos. Das Stöhnen der beiden wurde sofort übertragen und übertönte den Vortrag. Sie hielten inne, lauschten, ohne ihre eigenen Stimmen zu erkennen. Mira räusperte sich. Zwei Köpfe mit entsetzten Augenpaaren wandten sich ihr zu.

«Room Service», grinste Mira und stützte sich auf den Teewagen, «sind Sie gut bedient worden oder haben Sie noch einen Wunsch?» Ohne eine Antwort abzuwarten, zog sie den vergoldeten Schlüssel aus der Tür, humpelte hinaus und schloß seelenruhig ab. Das Gekeife der Gefangenen war fast im ganzen Hotel zu hören.

«... In der römischen Antike sperrte man Melancholiker in spezielle Tempel, wo sie mit den Wölfinnen, einer Mischung aus Priesterinnen und Prostituierten zu verkehren hatten mit der Vorstellung, damit könnten sie ihre Körpersäfte reinigen ...»

«Verdammt, es ist zu, die gottverdammte Nutte hat uns eingeschlossen», tobte der Gynäkologe über die Sprechanlage.

«Dann laß uns einfach weitermachen», piepte eine Mickey-Maus-Stimme zur Antwort.

«Aber mein Vortrag, ich komme zu spät», protestierte der Mann.

«Jetzt ist erst mal das Vorspiel dran, dann der Vortrag.»

Hinter der Tür, an der sie gerade mit zusammengebissenen Zähnen vorüberhumpelte, hörte Mira lautes Gelächter. Mehr Aufmerksamkeit kriegt der für keinen rhetorischen

Vortrag. Die Schmerzen raubten ihr den Atem. Sie blieb stehen, inmitten der Stände von Pharmafirmen, gemartert vom immer gleichen Problem: wie konnte sie Alexander finden? *Fildiwol, damit Ihr Patient wieder Lust am Leben hat,* las Mira und wandte sich an eine Vertreterin, die ganz in Türkis gekleidet war, die gleiche Farbe wie der Schriftzug.

«Entschuldigung, ich suche jemanden ...»

«Wenn Sie sich für unsere Produktreihe interessieren ... ich kann Ihnen Handtücher und Kaffeetassen anbieten, extra für diesen Kongreß haben wir sogar Kondome mit unserem Logo herstellen lassen.» Sie hielt Mira einen türkis verpackten Gummi hin.

«Danke», sagte Mira. Sie wußte, daß sie nur dann auf Unterstützung hoffen konnte, wenn sie wenigstens ein bißchen Interesse heuchelte. Pharmavertreter waren wie Prostituierte, für ihr Produkt taten die alles. «Ich hätte da noch eine Bitte, ich suche einen Referenten, Dr. Stern, ein großer, dunkelhaariger ... haben Sie ihn vielleicht gesehen?»

«Oh, tut mir leid, nein, hier laufen einfach zu viele große dunkelhaarige Ärzte herum.»

Mira stützte sich wieder auf den Teetisch und grübelte an einer einfachen Dankesformel, die ihre Verachtung für die Frau nicht zu deutlich zeigen würde, als diese noch einmal ansetzte.

«Oh, Sie sind ja gehbehindert. Warten Sie, ich hole jemanden, der Ihnen helfen wird.» Sie verschwand hinter ihrem Stand, telefonierte kurz und blieb dann strahlend vor Mira stehen. Mira rieb sich den Knöchel, um irgendwas zu machen, um die Frau nicht ständig sehen zu müssen. Es schien ihr, als platze ihr die Peinlichkeit der Situation aus allen Poren. Der uniformierte Schwarze, dem sie den Teewagen weggenommen hatte, erschien mit eiligem Schritt, strahlte sie ebenfalls an, bis sein Blick auf den inzwischen arg ramponierten Teewagen fiel.

«Diese Dame sucht ganz dringend einen der Referenten», sagte die Pharmafrau, «äh … wie hieß er doch gleich? Irgend etwas mit Himmel …»

«Dr. Stern», ergänzte Mira schnell.

«Sehr wohl, Madam», sagte der Schwarze und verschwand mit einem vielsagenden Blick, der vor allem zu bedeuten schien: nur nicht einer Kranken widersprechen.

«Ach, wollen Sie sich vielleicht setzen?» fragte die Vertreterin. Mira nickte matt und ließ sich auf einen Stuhl hinter dem Stand sinken. Ihr Fußgelenk fühlte sich an, als bohre jemand mit einem glühenden Messer darin. Der Gong ertönte, Massen von Ärzten strömten aus den Vortragsräumen. Im Nu war der Stand von gierigen Armen umringt. Die Pharmavertreterin verteilte Werbegeschenke mit beiden Händen, sie kam kaum nach, es war, als seien die Ärzte zu hungrigen, indischen Bettlern geworden. Als Mira sah, wie es die junge Frau nicht schaffte, die scheinbar an akuter Verarmung leidenden Mediziner allein zu versorgen, half sie mit. Immer zwei Medikamentenmuster zusammen mit dem Kondom und einer Werbebroschüre in die Kaffeetasse stopfend, wikkelte sie alles in ein Handtuch und verteilte die Pakete. Die Pharmavertreterin war begeistert.

«Wundervoll, so geht es viel schneller.» Sie packte jetzt auch alles zusammen in ein zerknäueltes Bündel.

«Hören Sie, ich habe überhaupt keine Zeit, ich muß gleich mein Referat halten! Also, wo ist sie und was soll so wichtig sein, daß sie mich aus dem Vortragssaal entführen müssen?» Da war sie wieder, seine angenehm warme Stimme. *It's now or never.*

Vom ordnungsgemäßen Zustand der Dias hatte er sich vor dem Referat überzeugt, insgesamt dreimal. Nur noch eine Viertelstunde, dann ging es los. Seine Arme fühlten sich butterweich an, sein Puls stolperte, aufs Klo konnte er alle drei Minuten, ein ganz normales Lampenfieber also. Alexander zog die Krawatte zurecht. Er mochte Krawatten nicht besonders, sie vermittelten ihm ein Gefühl der Enge, der Luftnot, der Strangulation. Er überflog zum hundertstenmal den Text: *Vergleichende Doppelblindstudie über das Paarungsverhalten chronisch schizophrener Frauen.*

Ein junger Schwarzer in Hoteluniform trat herein und räusperte sich. Er bat Dr. Stern ihn zu begleiten. Alexander erschrak. Hatte er vergessen, den hoteleigenen Bademantel nach dem Saunagang zurückzugeben oder war er angeblich beobachtet worden beim Klauen des Tafelsilbers. Dabei war er sich sicher, er hätte noch nicht mal was versehentlich eingesteckt.

«Hören Sie, im Moment paßt es mir überhaupt nicht», sagte er.

«Sir, es ist ganz wichtig, sagt Madam.»

«Nichts kann so wichtig sein, daß ich es riskieren würde, mein Referat zu versäumen.»

«Aber, Sir, ich glaube es ist lebenswichtig. Madam ist unberechenbar, ich weiß nicht, was sie tun wird, wenn ich ohne Sie zurückkehre.» Alexander schaute auf die Uhr und seufzte.

«Aber nur ganz kurz.»

«Ja, Sir, natürlich, Sir.» Sie liefen im Slalom um die Lachs- und Roastbeef-Cracker kauenden Ärzte, als ginge es um einen Notfall.

«*Excuse me, Sir*», wiederholte der Hotelangestellte wie ein Mantra und quetschte sich durch die nächste Gruppe, Alexander immer hinterher. Schließlich blieben sie vor einem Werbestand für ein unsäglich schlechtes Antidepressivum stehen. Mira verteilte billige Handtücher.

«Was soll das!» polterte Alexander.

«Alex», hauchte sie mit einem schmachtenden Blick hinter ihrer Brille.

«Ich habe jetzt wirklich keine Zeit, das habe ich doch

schon gesagt.» Sie humpelte auf ihn zu, die Arme ausgestreckt. Alexander wich einen Schritt zurück. Sie versuchte auf ihn zuzuhüpfen, ein schmerzhafter Aufschrei, und er sah das Weiße in ihren Augen, bevor sie umfiel.

Mit einem instinktiven Satz sprang er hinter den Stand und fing ihren weichen Körper auf. Sein Blick suchte nach einem Ort, wo er sie ablegen konnte.

«Können Sie sich bitte um sie kümmern?» fragte er die Pharmavertreterin. Der Hotelangestellte hatte sich offensichtlich schon rechtzeitig aus dem Staub gemacht.

«Also ich bitte Sie», protestierte die Frau in Türkis, «Sie sind doch der Arzt, nicht ich. Bringen Sie sie in den Lagerraum dort drüben. Da können Sie sie in aller Ruhe behandeln.»

«Aber ich muß doch ...»

«Los, machen Sie schon, haben Sie nicht einen Eid geschworen, diesen hippanthropischen Eid? Als Arzt sind Sie verpflichtet, den Kranken zu helfen. Alles andere muß da zurückstehen.» Zähneknirschend trug er Mira in den Lagerraum und legte sie auf einem Karton Handtücher ab. Der Gong erklang zum erstenmal. Beim dritten Schlag erwarteten sie sein Referat. Er lockerte ihre Bluse. Sie roch so wunderbar, das war mehr als nur ein gut gewähltes Parfum, es schien wie der Duft der reinen Begierde. Unter dem Stoff der Bluse zeichneten sich ihre Brüste ab, die er so viele Male berührt, gestreichelt, gehalten, geleckt und gesaugt hatte. Seine Erektion baute sich so schnell auf wie ein Klappmesser und hinterließ in seiner Hose eine dicke Beule. Mira schlug die Augen auf.

«Alex», hauchte sie wieder mit einem verrucht-verhangenen Blick, als sei Marlene Dietrich ihre Lehrerin gewesen.

Verdammter Mist, warum mußte das ausgerechnet jetzt passieren.

«Alex, ich liebe dich», flüsterte Mira und schlang die Arme um seinen Nacken. Er spürte seine Augen feucht werden. Sie küßte ihn auf den Mund, zuerst vorsichtig, als sei es das erste Mal. Er versuchte, seinen Unterleib von ihr fernzuhalten, damit sie seinen Steifen nicht bemerken sollte, sonst war sowieso alles aus. In seinem Hinterkopf dröhnte der Gong zum zweiten Schlag. Feucht und weich umschlossen ihre Lippen seine Zunge, die zitterte vor Verlangen, er wurde in sie hineingesogen, so, als sei die Zeit stehengeblieben, als sei Mira nie weggewesen. Wenn ihm dereinst ein letzter Wunsch gewährt werden sollte, dann müßte es ein solcher Kuß sein, eine so intime, innere Berührung, die durch Mark und Bein zu gehen schien und seine Männlichkeit schon jetzt schier zum Platzen brachte. Alexander fühlte, wie sie sein Hemd aufknöpfte, sich über seine Brust hermachte und zugleich seinen prall gefüllten Schaft aus der textilen Gefangenschaft befreite. Getrieben von wildem Verlangen riß er ihre Bluse auseinander, stürzte sich begierig mit Lippen und Händen auf ihre Brust; sie hatte noch etwas zugelegt, wenn ihn die Erinnerung nicht trog, weich und voll, die schönsten Pyramiden der Welt, gekrönt von frechen Nippeln, die sich ihm steif entgegenstreckten; er verschlang sie fast vor hemmungsloser Begierde, ließ sich säugen wie ein Neugeborener, zugleich die Spannung, diese harte Schwellung, nach der sie tastete, zugriff, molk wie eine erfahrene Bäuerin und ihn schließlich in ihrem wunderbar warmen und feuchten Mund verschwinden ließ. Oh wie lange hatte er das vermißt, allein diese Kunst, geschickt mit Lippen und Zunge zu spielen, dabei die unangenehm harten und scharfen Zähne im Zaum zu halten, das war etwas, was er seit ewigen Zeiten nicht mehr erlebt hatte. Er konnte sich überhaupt nicht mehr daran erinnern, daß ihm eine Frau so viel Glück bereitet hätte wie Mira. Er strich über ihre Haut, wollte sie überall berühren, streicheln, jeden Zentimeter liebkosen, ihre runden Schultern, den Ansatz ihrer Brüste, die seidigen Schenkel hinauf, an der Innenseite, was ihren begehrenswerten Leib wohlig erschauern ließ, wie er wußte, hinauf zum Horizont, wo die Wege zusammentreffen, schon ganz glitschig vom Saft der Höhle, so daß er wie von selbst hineinglitt, eingeführt und aufgenommen wurde, endlich zurückkam, nach Hause, sich wieder ganz fühlte, wie geheilt. Der Gong läutete die dritte Runde ein. Es hätte seine Runde sein sollen, nein, müssen, sein Auftritt als Redner vor dem Auditorium, aber hier kam er nicht weg, fand nicht heraus; um keinen Preis der Welt hätte er diese Pforte zum Paradies verlassen mögen. Jetzt nicht.

Nach der nicht enden wollenden Zeit der Enthaltsamkeit, dem Leben ohne Mira war ihm nur zu bewußt, was für ein Geschenk es war, mit ihr zusammen sein zu können, und so bewegte er sich in ihr wie ein Wellenreiter, balancierte auf dem Zenit der Woge, dem Höhepunkt ganz nah zögerte er den letzten Genuß hinaus, wollte jede Sekunde auskosten, jeden Augenblick, der erfüllt war von Miras schönem, weichem Körper, vom Duft ihrer Lust, vom Klang ihrer Stimme voll Ekstase, von ihren Händen, deren Nägel sich in seinen Rükken bohrten und ihn festhielten, als sei es für immer. Es war ihm egal, ob jemand ihr lustvolles Stöhnen hören konnte; selbst wenn plötzlich irgendwer in den Raum gekommen wäre, hätte er nicht von ihr ablassen wollen, nein, er hätte es nicht einmal gekonnt, so sehr wand er sich im verzückten Griff dieser Frau, die, einer Liebesgöttin gleich, ihn verzauberte, seine Lust in magische Höhen trieb, bis es aus ihm strömte, er sich auflöste wie ein Eiswürfel in der Sonne und sich tief in sie ergoß.

«Das war's wohl mit meiner Stelle in der Uniklinik», sagte Alexander, als sie zusammen mit Peter und Michael in einem japanischen Restaurant saßen, vor sich kleine, dicke Holzbrettchen mit Reis in gerollten Algen, in der Mitte roher

Fisch. Wie seltsam verfremdete Augen mit roten Pupillen sahen sie die Sushis an.

«Tja, dann sind wir ja beide wieder ganz frei», sagte Mira und leckte über den roten Thunfisch, bevor sie sich langsam das Reisbällchen in den Mund schob.

«Es ist schwer geworden, eine gute Stelle zu finden», warf Peter ein und schnappte mit den Stäbchen ein Sushi und tunkte es in die Sojasauce.

«Kannst du denn nichts machen, für unsere zwei Hübschen?» fragte Michael.

«Mal sehen», antwortete Peter kauend. «Ich bin vorsichtiger geworden mit Versprechungen. Unser Chef läßt sich bei Neueinstellungen nicht gern reinreden.»

«Immerhin hat sich Alex als Wissenschaftler qualifiziert», sagte Mira.

«Na ja», sagte Peter, «ich habe das Referat gelesen.»

«Und?» wollte Michael wissen.

«Ich kann mir vorstellen, warum Alexanders Chef lieber einen Assistenten vorgeschickt hat.»

«Was willst du damit sagen?»

«Hier auf dem Kongreß ist allerhand Unsinniges und unfreiwillig Komisches vorgetragen worden – wenn ihr mich fragt –, ein typischer Kongreß, aber das, was Alexanders Chef sich da erlaubt hat, ist noch eine besondere Nummer.» Er zündete sich eine Zigarette an, extra langsam, wie es schien, wie für einen Werbefilm.

«Nur raus damit», sagte Mira, «laß dir nicht jedes Wort aus der Nase ziehen.» Ihre Lippen spielten mit dem sauer eingelegten Rettich, der wie eine Blüte auf ihrem Brett arrangiert war. Peter zog an der Zigarette.

«Es geht um ungewollte Schwangerschaften von chronischen Psychiatriepatientinnen ...»

«Das kommt doch oft genug vor», warf Alexander ein.

«Schon», sagte Peter, «aber das Thema ist rutschiger als

Glatteis. Denn: entweder hat er die Zahlen aus seiner eigenen Klinik – und dann werden ihn die Kollegen dafür auslachen, daß er auf die Patientinnen nicht besser aufpassen läßt – oder sie stammen aus einem anderen Haus, das sich gegen solche Unterstellungen sicher zur Wehr setzen wird. Sex von und mit Kranken ist immer noch tabu, gerade in der Psychiatrie.»

«Warum sollen Patienten keine erotischen Bedürfnisse haben?» fragte Mira und fuhr mit der Zunge an dem Stäbchen entlang, um ein paar versprengte Tropfen Sojasauce einzufangen.

«Weil die Beschäftigung mit der eigenen Sexualität vielen Kollegen schon schwer genug fällt. Die können eine zusätzliche Belastung überhaupt nicht gebrauchen. Was in dem Referat aber noch schlimmer ist, sind die Konsequenzen, die Alexanders Chef daraus verschlägt.»

«Weil die empfohlene Sterilisation an die Nazizeit erinnert?» Mira zerbiß braune Rettichscheiben.

«Genau Die alternative Behandlung mit Medikamenten zur Unterdrückung der Sexualität ist allerdings auch nicht besser.»

«Au fein», sagte Alexander, «und was machen wir jetzt?» Er legte seine Hand in Miras Nacken, zog ihren Kopf sanft heran und küßte sie auf den Mund. Ihr Geschmack nach Salz und rohem Fisch ließ sein Herz in die Hose sinken, wo es sich lang und dick aufplusterte.

«Wahrscheinlich haben wir in Deutschland unseren Ruf endgültig verspielt», brachte Mira atemlos hervor. Peter zückte eine Ausgabe *medico international* und las vor:

«Ärzte ohne Grenzen suchen noch Kollegen aller Fachrichtungen für ein großes Hilfsprojekt in Angola.»

«Gute Idee, ich wollte schon immer mal mit einem Neger vögeln, die sollen so große Schwänze haben», sagte Mira.

«Hier nennt man sie Schwarze, nicht Neger», warf

Michael ein. «Außerdem ist das Unsinn, deren Teile sind auch nicht größer als unsere.»

«Woher weißt du das?» fragte Peter empört.

«Na ja, als ihr euren schönen Kongreß hattet, konnte ich doch nicht nur auf dem Bett liegen und Däumchen drehen. Da habe ich kleine Exkursionen durch San Francisco gemacht und einige interessante Erkenntnisse erworben.»

«Angola klingt schön, richtig abenteuerlich», sagte Alexander.

«Davon habe ich eigentlich erst mal genug», sagte Mira, «aber mit dir würde ich überall hingehen, notfalls sogar auf eine Mars-Kolonie.»

«Ach, ist es nicht wunderschön, wenn Heteros zu sehr lieben», grinste Michael.

«Ja, wahnsinnig schön», sagte Peter. «Die verrückteste Geisteskrankheit ist immer noch die Liebe: Die Stimmung ist krankhaft gehoben wie bei einer Manie, der Appetit verkümmert wie bei einer Depression, Schlaf wird kaum noch benötigt wie bei einer Schizophrenie, es besteht ein unstillbares Verlangen nach dem Partner ähnlich einer Sucht und das Denken kreist nur um ein einziges Thema, das zudem wahnhaft auf sich selbst bezogen wird, wie bei einer paranoiden Psychose.»

«Das hört sich unheilbar an», lachte Michael.

«Unsinn», erwiderte Mira, «die Heilung ist nur etwas langwierig und bedarf der Einzelbehandlung, am besten mit Körpertherapie.»

«Also ganz klassisch, so mit Couch und Bart und allem drum und dran wie bei Papa Freud?» fragte Alexander.

«Nein», entgegnete Mira, «wir brauchen dazu weder Bart noch Couch. Mein neu entwickeltes Behandlungsverfahren läßt sich problemlos überall praktizieren, selbst in Restaurants.» Damit langte sie mit der Hand unter dem Tisch zwischen Alexanders Beine. Als sie sich vom ordnungsgemäßen Zustand des Therapieständers überzeugt hatte, rutschte sie vom Sitz und verschwand unter dem Tisch.

«Oh, was ist mir das peinlich, mit diesen Heterosexuellen auszugehen», jammerte Michael.

«Ja, hoffentlich sieht uns keiner», pflichtete ihm Peter bei und spingste unter den Tisch. «Was sollen bloß die Leute denken, ausgerechnet hier in San Francisco, wo jeder zweite Bewohner ein anständiger Schwuler ist.»

Film und Fernsehen

Paul Auster
Smoke. Blue in the Face *Zwei Filme*
(rororo 13666)

Chris Carter
Akte X: Der Film *Der Roman zum Kinofilm*
(rororo 22420)
Akte X: Der Film *Der Jugendroman zum Kinofilm*
(rororo 20934)
Die offiziellen Romane zum großen Kinoereignis: die FBI Agenten Dana Scully und Fox Mulder stehen vor ihrer größten Herausforderung.

Dean Devlin / Roland Emmerich / Stephen Molstad
Independence Day. Der Tag, an dem wir zurückschlagen *Der Roman zum Film*
(rororo 13949)

Stephen Molstad
Independence Day
Was geschah in Area 51? *Nach einer Idee von Dean Delvin und Roland Emmerich*
(rororo 22346)

Tom Tykwer
Lola rennt *Mit Bildern von Frank Griebe. Das Buch zum Film. Mit Mini-CD*
(rororo 22455)
Manni sitzt in der Patsche, und Lola muß ihn retten. Sie hat zwanzig Minuten. Und drei Chancen ...
Nach «Winterschläfer» Tom Tykwers neuer Film mit Moritz Bleibtreu und Franka Polente in den Hauptrollen.

Carolly Erickson
Katharina die Große *Eine deutsche Prinzessin auf dem Zarenthron. Mit Fotos aus dem ZDF-Film*
(rororo 13935)

3290/5

rororo Unterhaltung

Stephen McCauley
Liebe in jeder Beziehung *Der Roman zum Film von Nicholas Hytner*
(rororo 22517)
George lernt Nina auf einer Party kennen, als ihm gerade sein Freund Robert den Laufpaß gibt. Kurzentschlossen nimmt er Ninas Angebot an und zieht zu ihr: der Beginn einer wunderbaren Freundschaft. Dann ist Nina schwanger. Doch statt sich mit Howard, dem Vater, auf das Kind zu freuen, entscheidet Nina, das Kind mit George aufzuziehen. Der fällt aus allen Wolken, schließlich waren Frau und Kind bisher in seiner Lebensplanung nicht vorgesehen ...
In den Hauptrollen der brillanten Beziehungskomödie: Jennifer Aniston und Paul Rudd.

H. B. Gilmour
Tage wie dieser ... *Roman zum Film*
(rororo 22203)